鬼哭繚乱

宮緒　葵

キャラ文庫

この作品はフィクションです。
実在の人物・団体・事件などにはいっさい関係ありません。

目次

口絵・本文イラスト／Ｃｉｅｌ

咲き初めの桜の枝先で、鶯《うぐいす》が麗《うら》かに囀《さえず》っている。

長い冬がようやく終わり、温《ぬく》み始めた空気には仄《ほの》かに甘い花の香りが混じっていた。

雲一つ無い澄み渡った空を見上げ、清音《きよね》は思い切り伸びをした。暖かな日差しが、まだ少しぼやけた頭をやわやわと解《ほぐ》してくれる。天の営みに無駄など無いと承知してはいるものの、冬はやはり苦手だ。

「清音様、お目覚めでしたか」

振り返った先に佇《たたず》む老人に、清音はにっこりと笑いかけた。

「一太《いちた》、久しいですね。息災そうで何よりです」

「清音様こそ、今年もまた美しく咲かれましたなあ」

老人はこの平村《たいらむら》を取り纏《まと》める村長である。礼儀作法に煩《うるさ》く、村の子らには恐れられているのだが、孫ほどの齢《よわい》の清音に呼び捨てられても怒る気配は皆無だ。むしろ、厳《いか》つい顔を嬉《うれ》しげに綻《ほころ》ばせて目の前の桜の大木を見上げる。

零《こぼ》れんばかりの花を咲かせた枝が無数に重なり合い、まるで薄紅色の春霞《はるがすみ》がたなびいているかのようだ。花鳥風月を愛《め》でる心の無い者でも、足を止めてじっと見入らずにはいられまい。大人の背丈の倍はあるこの大木こそ、清音の本体であった。清音は人ではない。この大木から生じた精霊なのだ。

三百年ほど前――まだ都に今の幕府が置かれていなかった頃、平村の村人が行き倒れの旅の僧侶を助けた。当時の平村は貧しく、食べていくのがやっとの有様であったにもかかわらず、村人たちは僧侶に食料を分け与え、手厚く看護した。

回復した僧侶、高慧《こうけい》は村人たちの善意と慈悲に心から感謝し、再び旅立つ前、村を見下ろす小高い丘に桜の苗木を植えた。古来、桜には魔を退ける霊力が宿ると言われている。

『世はこれからも麻の如《ごと》く乱れていくであろう。桜よ、そなたの力をもって、弱く慈悲深き者たちを守るのだ』

それが清音の記憶の一番最初にある、人の声だ。

高慧の置き土産を、心優しい村人たちは慈しみ育てた。害虫を駆除し、寒肥《かんごえ》をやり、野分《のわき》の折には一晩中付ききりで覆いをして守った。すくすくと育っていく若木に、まるで我が子のように話しかけ、笑いかけた。

彼らの愛情に応えたいと思った瞬間、清音は精霊として目覚めた。樹齢二百年を過ぎる頃になると精霊として力もつき、本体である木から離れて行動出来るようにもなった。

そこで清音は人の姿を取り、村に下りてみた。村人たちは突如現れた清音にたいそう驚いたものの、慈しんできた桜の精霊だと知ると笑顔で受け入れてくれた。清音の声が清げな音色のようだと感動して、清音という名前までくれたのだ。

村人たちとの暮らしは賑《にぎ》やかで楽しかった。葉が落ちてしまう真冬はどうしても眠くなり、本体の木に戻って眠ることが多くなるけれど、それ以外は常に村人たちに寄り添い、共に過ごしてきた。

初めて村に下りてから今や百年以上になる。

人の寿命は短く、村人は何度も代替わりをしたけれど、人ならぬ清音を家族のように遇してくれる優しさは脈々と受け継がれた。立派な大木となった今では、清音にとって村人たちは可《か》愛《わい》い我が子のような存在である。

この村長も生まれたばかりの赤子の時から清音に見守られてきた一人だ。親にとって子が幾つになろうと子であるのと同じで、幼子であろうと老人であろうと清音には皆慈しむべき子どもにしか見えない。

「さあ、村に戻りましょう。皆、清音様を今か今かと待っておりますよ」

村長に促されるまま、清音は丘の下に広がる村に下りた。

平村の近くには水量豊かな伊佐川《いさがわ》が流れており、そこから田畑に水を引き込んでいる。綺麗《きれい》に起こされた田圃《たんぼ》には澄んだ水が張られ、青々とした稲が風にそよいでいた。

勤勉な村人たちが雑草を取ったり、畑の手入れをしたりと忙しく働く傍《そば》で、幼い子どもたちが畦道《あぜみち》を走り回って遊んでいる。親は時折作業の手を休め、汗を拭《ぬぐ》いながら幸せそうに我が子を眺める。

温まった水と土の匂い、楽しげな笑い声。藁葺《わらぶ》きの家々の土間からは、炊事の煙が上がっている。

平穏そのものの風景に、清音はほっと胸を撫《な》で下ろした。

幕府が権力を失い形骸化した今、各地で大名たちが覇権を巡り戦っている。臣下が主君を討ち、親子兄弟で血みどろの争いを繰り広げるのが日常の乱世だ。平和な村にある日突然隣国が攻め込んできたり、落ち延びた敗残兵や山賊たちの略奪を受けたりするのは珍しくない。

清音は持てる霊力で村を悪《あ》しきものから覆い隠し、遠ざけてきた。おかげでこの平村は血《ち》腥《なまぐさ》い争い事とは無縁だが、大規模な兵が力任せに押し寄せれば、戦う能力を持たない清音では守りきれないだろう。

この辰見国《たつみのこく》は優れた国主を戴《いただ》き、今のところ安寧を保っているが、いつ他国が攻め入ってくるかわからない。

戦場となれば土地は荒れ、抗《あらが》う力を持たない村人たちは惨《むご》たらしく殺される。高慧から託された使命など無くとも、この優しい風景を力の及ぶ限り守り続けたいと思う。

「あーっ！　きよねさまだ！」

畦道で遊んでいた幼子が清音に気付き、歓声を上げて駆け寄ってくる。つられて振り向いた大人たちも破顔し、田畑から引き上げてきた。

いち早く清音に飛び付こうとした幼子が、小石に蹴躓《けつまず》いて勢いよくつんのめる。

「危ない！」

清音は地面に膝をつき、危ういところで幼子を抱き止めた。肩を支えて立たせてやり、正面から顔を覗《のぞ》き込む。

「大丈夫ですか？　どこも痛くありませんか？」

幼子は放心していたかと思えばみるまに頬を真っ赤に染め、もじもじと俯《うつむ》いてしまう。間に合ったつもりだったがどこか打ってしまったのだろうか。危惧《きぐ》した清音に、村長がからからと笑う。

「心配ありゃあしませんよ。清音様をすぐ近くで拝んで、のぼせ上がっただけですんで」

「…のぼせる？」

清音の姿を目の当たりにした者は誰でも、一度はこの幼子のような反応をする。見慣れたはずの大人たちでさえ、時折視線が合うと頬を赤らめる者が少なくない始末だ。

今もそう。清音を囲む村人たち、特に若い男女が、小首を傾《かし》げる清音に陶然と見入ってしまっている。

清音としてはごくありふれた青年の姿を取ったつもりだ。高慧が男だったし、腕力の強い男の方が村人たちの助けになれると思ったからだ。

目玉が二つに鼻と口が一つ、耳は二つ。背は高すぎず低すぎず、太っても痩《や》せてもいない。どこにでも居る若者の姿のはずである。

「こればかりは、清音様にはおわかりにはならないのでしょうなあ」

村長が「罪作りな…」と呟《つぶや》くのは無理も無かった。ごくありふれた青年の姿などと、思っているのは当の清音だけなのだ。

確かに目口鼻の数は人と同じだが、清音の場合、それが絶妙な均衡で小さな顔に収まりろうたけた美貌を形成している。

しなやかな身体《からだ》は決して華奢《きゃしゃ》ではなく、細くとも男のものなのだが、村人と同じ質素な麻の小袖を纏っていてもなお侵し難い気品とたおやかさを感じさせる。

肩口を越える髪は咲き誇る桜の花びらと同じ、純白にほんの一刷毛《ひとはけ》の紅色を混ぜた薄紅色。艶やかな黒髪を最上とするこの大和《やまと》の美意識にはそぐわないものの、清音の美しさを損なうどころか、浮世離れした麗しさを添えている。

どれほど人を真似《まね》ようと、清音は花の精霊である。その本質が隠し切れるはずもないのに、美醜というものに全く頓着しない清音は、百年以上が経《た》っても己が並外れた美貌の主であることにまるで気付いていない。清音を家族として受け入れている村人たちでさえ、男女に関係無く一度は清音に失恋するのが通過儀礼だということにも。

「さあ皆、今日の仕事はこれで終《しま》いじゃ。わしの家に集まれ！　今宵《こよい》は宴《うたげ》じゃ！」

村長が手を打ち鳴らしたのを合図に、村人たちはわっと歓声を上げ、めいめいの家に散っていった。桜が咲いて清音が目覚めると、清音の帰還を祝って盛大な宴を催すのが平村の毎年のお楽しみだ。

宴といってもそれぞれ手料理を持ち寄って騒ぐだけのささやかなものだ。しかし、この時ばかりは村長から酒が振る舞われる上に、清音という極上の肴《さかな》がある。

村長の家に集まった村人たちは清音を囲み、酒や料理に舌鼓を打ちながら、我先にと冬の間の出来事を語って聞かせる。あたかも子どもたちが大好きな母親の関心を引こうと競っているかのようだ。

「清音様、うちに三番目の子が生まれたんです。名前を付けてもらえますか」

「清音様、うちの息子と茂平《もへい》んとこの娘が祝言を挙げることになりました。祝いの詞《ことば》を頂けませんか」

「清音様、俺、こないだ怪我《けが》をしていた鷺《さぎ》を手当てしてやったんですよ」

清音様、清音様、と次々に話しかけてくる村人たちに、清音は微笑を浮かべて応えを返す。人の食べ物は受け付けないが、久しぶりに逢《あ》えた家族の笑顔と和やかな雰囲気が何よりのご馳走《ちそう》だ。清音は基本的に村から動かないので、旅人から教わったという流行の歌や物語、噂話《うわさばなし》などを聞かせてもらうのも楽しい。

高かった陽《ひ》が沈み、騒ぎ疲れて眠る者が出始めた頃、清音は奇妙な胸騒ぎを覚えて立ち上がった。

「…清音様、どうされました？」

「いえ…何か、胸が騒いで…」

急《せ》く心のまま外に出ると、村長と酔い潰《つぶ》れていない村人が数人付いて来た。村長たちを引き連れ、己の感覚を頼りに辿《たど》り着いた先は伊佐川だ。

流れは闇とほぼ同化していたが、人ならざる清音の目は川中の大きな岩に引っ掛かっているものをしかと捉《とら》えた。ぴくりとも動かないそれが人だと気付き、清音は躊躇《ためら》わずに水の中へ入る。

「清音様⁉」

「誰か、戻って灯《あか》りと縄を持ってきて下さい。人が溺《おぼ》れています！」

「は、はいっ！」

清音の指示を受け、村長たちは慌てて村に引き返した。

伊佐川の流れは見かけよりもずっと速いから、彼らが戻るまでの間、流されてしまわぬよう押さえていてやらなければならない。

人の姿を取った清音は人と同じ身体能力しか持たないが、自然のものが精霊たる清音を傷つけたり阻んだりすることは無い。人なら足を取られてしまう闇の中、流れをすいすいと掻《か》い潜《くぐ》って大岩に到達する。

間近で見れば、うつ伏せで辛うじて岩に引っ掛かっているのは、体格からして大人の男のようだった。

小袖に切袴《きりばかま》は武士の平服だ。こんな状態にもかかわらず右手に握られたままの打刀は、闇色の水中にあっても冴え冴《さざ》えとした光を失っていない。粗悪な数打物ではなく、名工が鍛えた業物だろう。

こんな刀を所持出来るのなら、この男はよほど高位の武士なのだろう。戦場から命からがら逃げ出して、川に落ちてしまったのだろうか。それにしては具足の一つも着けていないのは妙だ。この辺りで戦《いくさ》があったという噂も聞いていない。

疑問に思いつつも、男の両脇の下に腕を差し入れる。大柄な肉体は意識を失っているせいもあってずしりと重たく、清音の力では水面から顔を少し浮かせるのが精一杯だ。

男を支えながら待つこと暫《しば》し、村長たちが松明《たいまつ》を掲げて戻ってきた。若く力のある男たちが命綱を岸辺の岩に繋ぎ、大岩まで泳ぎ着く。

数人がかりでようやく水中から引き上げられ、村長の家に運ばれる間、男は呻《うめ》き声一つ上げなかった。全身が氷のように冷え切り、微《かす》かに呼吸をしているものの、今にも息絶えてしまいそうで清音をはらはらとさせる。

とにかく身体を温めるのが先決と、清音は竈《かまど》に火を熾《おこ》してもらい、ぐしょ濡《ぬ》れの衣を脱がせた。

「…これは？」

逞《たくま》しい背中の真ん中辺りの肉が抉《えぐ》れ、黒く変色してしまっている。他は川を流れてくる最中る一方だ。

につ いたと思《おぼ》しき細かな擦《す》り傷しか無く、水を飲んでいる様子も無いのに、男の顔色は悪くなる一方だ。

「矢傷ですな。しかもこれは…何かの毒が塗《ぬ》ってあったのでしょう」

若い頃は優れた猟師でもあった村長が傷を覗き込み、低く唸《うな》った。

「このお武家様は、どこかで毒矢を受け、川に落ちられたのでしょう。流れる間に矢は抜けたようじゃが、そこから沢山の血が流れた上、毒が回って酷《ひど》く衰弱しておられる」

このままでは男は確実に死ぬ。

判断するなり、清音は男に覆い被《かぶ》さり、生きた人とは思えぬほど冷え切った唇に己のそれを重ねた。

桜の木には解毒の効用が備わっている。その化身である清音なら、人の体内に回った毒を打ち消すくらい容易《たやす》いことだ。

触れ合った唇から男の毒を吸い上げ、己の体内で毒を打ち消す。

時折、村の子らが誤って毒のある茸《きのこ》や草花を食べた時にも同じようにしてやるのだが、その毒はほんの僅《わず》かな間に消えるのが常だ。こんなに時間がかかるのは初めてである。男を射た矢には、よほど強力な毒が塗られていたのだろう。

こんな身体で川に落ちたら、常人ならとうに死んでいる。辛うじて生きているのは男が若く体力に恵まれていたのと、何より生に強く執着していたからだろう。何としてでも生還するのだという強い意志が、男からはひしひしと伝わってくる。

だからこそ清音は男の存在に気付いたのだ。人の愛情によって生まれた清音は、助けを求める人の声を決して無視出来ない。

…死なないで。こんなところで、死んではいけない。

男がどこの誰であろうと、どんな極悪人であっても、清音の願いは同じだ。

生き延びて欲しい。男はせいぜい二十歳を過ぎたばかりだろうから、妻も幼い子も居るであろう。男を必要とする者たちのためにも、男は生きなければならない。

やっと毒が完全に消えるのを感じ、清音は深く息を吐きながら唇を離した。固唾《かたず》を飲んで見守っていた村長たちが、おおっと歓声を上げる。

「顔色が随分と良くなった…流石《さすが》は清音様、ひょっとすると助かるかもしれませんぞ」

清音が願い出るまでもなく、村の女たちは板間に布団を敷いたり、男のための着替えを用意したりと甲斐甲斐《かいがい》しく動いた。男たちは怪しい者がうろついていないか、村の周囲を警戒に回る。平村の者は皆、清音が傷付いたり弱ったりした者を助けるのには慣れているのだ。

一通りの治療が済むと村長以外の村人たちは家に引き上げていったが、清音は残った。朝早くから畑に出なければならない村人たちと違い、清音にはこれといった仕事は無い。畑仕事を手伝おうとしても、清音様は居てくれるだけで充分ですと拒まれてしまうのだ。

「この御方はもしや、お城に仕えておいでなのやもしれませんなあ」

男が握り締めていた打刀をためつ眇《すが》めつ検分し、村長が呟いた。村の男たちが数人がかりでやっと男の手から取り上げたのだ。鞘《さや》は流されてしまったようなので、刀身を布で何重にも巻いておく。

「伊佐川の上流…山の上にはお城があります。殿様にお仕えの御方なら、このような業物をお持ちでもおかしくはありません」

この辺りでお城と言えば、辰見国を支配する鬼束《おにづか》氏の居城、竜岡《たつおか》城である。

清音は村から動けないが、大和中を旅する鳥たちが、時折清音の枝先で羽を休めるついでに様々なことを教えてくれる。

鬼束氏は元は隣の大国、桜見国《おうみこく》を治める神門《みかど》家の一家臣に過ぎなかったが、戦乱の世で成り上がり、国主として一国を支配するまでになった。確か先の当主がつい一年ほど前に病没し、嫡男が後を継いだばかりのはずだ。

新たなる当主は若くとも武勇と知謀に優れていると評判である。代替わりの際、一部の臣下が反乱を起こしたが、当主は瞬く間に鎮めてしまった。当主が率いる軍勢は、今やこの西州一の強さを誇ると謳《うた》われ、諸国から恐れられているそうだ。

戦乱続きの他国から辰見国に逃れて来る民も多い。当主はこうした民たちを追い返さずに受け入れ、職などのたつきを与えてやるため、お膝元の城下町は先代よりも遥《はる》かに賑わっているらしい。

また、先の当主は作物の出来の如何《いかん》を問わず容赦無く年貢を取り立てたが、雨の少なかった今年、新たな当主は年貢を引き下げ、農民たちから大いに感謝されている。

富裕な者ばかりでなく、貧しく身分軽き者にまで思いを馳《は》せるのは、恵まれた出自の者にはなかなか出来ないことだ。

鳥たちの話だけではその人となりなど知るべくもないが、きっと慈悲深い名君なのだろう。清音が決して強大とは言えぬ霊力で村を守り切れているのは、新たな当主が争乱の種を辰見国から打ち払っているおかげでもある。

男の生への執着は、素晴らしい主《あるじ》の元に戻りたいという一心なのかもしれない。ならばますます死なせるわけにはいかない。

清音の力では失った血を補ったり傷を塞《ふさ》いだりすることは出来ないから、あとは男の生命力に賭《か》けるしかない。

清音は老齢の村長を言い含めて休ませ、一人で男を看護することにした。

二刻《ふたとき》もすれば男の日に焼けた肌からは汗が噴き出てきた。不気味なほど静かだった呼吸も荒くなっている。身体に熱が戻ったのは、傷を癒《いや》そうとしている証《あかし》だ。回復の早さは、流石鍛え上げられた武士である。

盥《たらい》の水に浸した布を絞り、汗を拭ってやろうとしたとたん、男の上体が弾《はじ》かれたように跳ね上がる。

背中に強い衝撃を感じた時には、清音はぎらつく黒い双眸《そうぼう》に見下ろされていた。男の両手が清音の両脇に突かれ、身動《みじろ》ぎ一つ叶《かな》わない。

——何という目をするのだろう…。

黒い炎が、男の双眸で燃え盛っているかのようだった。触れたら最後、骨まで残らず焼き尽くされてしまいそうだ。男が猛々《たけだけ》しいがどこか気品を感じさせる整った顔立ちをしているからこそ、より苛烈《かれつ》さを増す。

こんな荒《すさ》んだ目をする人に出逢うのは初めてだった。

いや、強い警戒心と猜疑心《さいぎしん》と嫌悪、そして怒りを剝《む》き出しにした男は、人というよりは手負いの獣だ。己を守るため、近付く者全てに牙を剝く。

だが、怖いとは思わなかった。瀕死《ひんし》の状態にあってさえ警戒心と憎悪を抱き続ける男がただ哀れで、痛々しくて、清音は男の頰にそっと触れた。

「大丈夫…」

村人たちに清げな音色と称賛される声が紡がれると、男はびくりと肩を揺らした。清音を振り払おうとした手が、空中で行き場を失う。

「信じて下さい。私は貴方《あなた》を助けたいのです。決して、傷付けたりはしません」

「…っ、はぁ、はっ、あ…」

「ここは安全です。貴方を害する者は一人も居ません。大丈夫…私が守りますから」

荒い息を繰り返す男の頬を、清音は何度も優しく撫でた。

自分は敵ではない。助けてやりたいだけなのだと触れ合う肌に気持ちを籠《こ》めれば、男の双眸は動揺したように揺らめく。

見詰め合っていたのはどれほどの間だったのか。

男の身体がふいに傾ぎ、清音に伸《の》し掛かってきた。本人の意志ではなく、単に力尽きたのだろう。密着した身体は布越しにも酷く熱い。

「はぁ、はぁ、はぁ…っ、はぁ」

清音の頬をくすぐる吐息は熱いのに、男はがたがたと寒さに震えている。熱がいよいよ高くなってきたのだ。小さな竈の火と薄い衾《ふすま》ではとても寒さを凌《しの》げまい。寝具を重ねてやろうにも、予備の衾は一枚も無い。

清音は乱れていた男の衣を脱がせると、自分も諸肌《もろはだ》を脱いだ。汗に塗《まみ》れた逞しい裸の上体に下から腕を回して抱き付き、ついでに両脚も絡める。

人の姿を取った清音は、清水しか口にせず、排泄《はいせつ》をしない他は人とほぼ同じだ。心臓は無いが、血も通えば体温もある。寒さに震える男を温めてやることが出来る。

成人した男の大きさと逞しさは清音には新鮮だった。村人たちは、幼い時分は無邪気に抱き付いてくれるのに、大人になるとあまり触れてくれなくなるからだ。

彼らは清音の可愛い子たちだ。幾つになっても抱き締めてやりたいと思っているのに。

「大丈夫、大丈夫ですから…」

耳元で囁《ささや》いてやるうちに、男の息遣いは少しずつ穏やかになっていった。清音の頬に頬を擦り寄せてくる仕草は、いとけない幼子のそれだ。熱で苦しくて、不安で、温もりを求めている。大の男のなりをした幼子が可愛くてたまらなくなり、清音は筋肉に覆われた背中を何度も何度も撫でた。

番をする者が居ない竈は、暫《しばら》くすれば炎を失ってしまう。だが、外と大差無い寒さの中でも、男は温もりに満ち足りて眠り続けた。


ぼんやりと意識が浮上すると、暁景《としかげ》は良い香りのするものを抱き込んでいることに気付いた。面倒を嫌う質《たち》ゆえ、側妾《そばめ》は置いていない。女が欲しくなれば城下に忍んで行くが、見回した薄暗い室内はみすぼらしく、どう見ても馴染《なじ》みの遊女屋ではない。

それに、鼻腔《びこう》をくすぐる香りは甘く清々《すがすが》しい自然の花のものだ。暁景の嫌う脂粉のべとついた匂いではない。

泥のように眠っている間、何かとても良い夢を見ていたような気がする。天上の楽の如き音色に聞き入り、極上の温もりと香りに包まれていた。あれは間違い無くこの香りだ。

腕の中に収まるものを確認し、暁景は絶句した。暁景の胸元に散らばる髪は、桜の花のような薄紅色だったのだ。

南蛮の人間は金や銀や赤といった奇抜な色の髪を持つと聞くが、もしやこの者は異国人なのだろうか。

暁景の疑問に応えるかのように、腕の中のそれはもぞもぞと身動ぎ、瞼《まぶた》を開けて暁景を見上げた。異国人ではなく、この大和の民の顔立ちだ。密着した胸に膨《ふく》らみを感じない以上は男だろう。

男がふわりと微笑《ほほえ》んだ瞬間、心臓が高鳴り、暁景はさっきとは別の意味で言葉を失ってしまう。

美女に慣れた暁景でさえ息を飲むほど麗しい顔のせいではない。向けられた笑みに、媚《こび》ではなく慈愛と安堵《あんど》が溢《あふ》れていたからだ。

生母を亡くして以来、暁景にこんなふうに笑いかける者は居なかった。父の側室から正室に収まった継母《ままはは》は、父や義弟と一緒になって暁景を忌《い》み嫌っていたのだから。

「……っ？」

義弟の面影と同時に許し難い記憶が蘇《よみがえ》った。

反射的に腰を探るが、背中がずきんと痛んだだけで、馴染んだ刀の感触は無い。遠のく意識の中でも、矢を射掛けてきた裏切り者に一太刀浴びせてやったのはしかと覚えているものを。

だが、あの裏切り者はただの手駒だ。今すぐ戻り、謀略を仕掛けたであろう義弟を斬り捨てなければ気が済まない。

ふつふつと滾《たぎ》る怒りは、柔らかな声が響いたとたんあっさりと霧散してしまう。

「まだ動いてはいけません。貴方は怪我をしているのですよ」

それはまさしく、夢の中で聞こえていた天上の調べだった。暁景が人畜無害な男ではないと察しているだろうに、暁景の背中を擦《さす》る手はどこまでも優しい。

「…何故、俺は助かった…？」

矢はさほど深く刺さったわけではないが、射られた直後に身体の自由が利かなくなった。鏃《やじり》に毒が塗られていたのだろう。さもなくば、あの程度で川に落ちるなどという失態を暁景が演じるはずもない。

川の水は冷たく、流れも速かった。あんな状態で落ちれば、戦場では鬼と恐れられる暁景とて命を失って当然だ。

暗く速い流れに抗いつつも力を失い、流されるしかなかった。あの時に感じた死の恐怖と、戦場以外で命を散らす屈辱は今も脳裏にこびりついている。

なのに今、暁景は柔らかな温もりに包まれている。夢の中と同じ花の香りは、香を焚《た》いている風でもない男の全身から滲《にじ》み出ているのだ。

花の香りを纏う、花よりも美しい男。

もしや暁景は既に黄泉《よみ》の世界まで流されてしまったのではないか。汚濁に塗れた現《うつ》し世に、こんな男が存在するなど信じられない。

「清音様、お武家様はいかがですか？　…おお、目を覚まされましたか」

男が何か言いかけた時、奥の土間から老人がひょこりと姿を現した。

腰の曲がった老人が傍に座ると、一気に現実感が湧いてくる。とりあえずここは黄泉ではなさそうだ。

「貴方様は三日もの間眠り続けていたのですぞ。随分気を揉《も》みましたが、助かって良かった。清音様に感謝なされ。ずっとそうして傍に付いていて下さったのですからな」

「…三日、だと？」

そんなにも長い間昏睡《こんすい》していたのも驚きだが、男…清音がずっと付いていたというのには更に驚いた。

思い返してみれば、熱に魘《うな》されてもがく度、今も背中に回されたままの手が優しく宥《なだ》めてくれた。まともな言葉にもならないうわ言を口走る度、清げな音色が大丈夫ですよと応えを返してくれた覚えもある。

態度から察するに、老人も清音も暁景の正体に気付いてはいないようだ。清音はわからないが、老人は身なりからして農民だろう。暁景の姿を見たことが無くて当然である。つまり、恩賞目当てで助けたという線は薄く、純粋に善意だったということになる。

暁景は身分の知れるものこそ身につけていなかったが、上質な着物を着ていたし、手放していなければ愛刀も所持していたはずだ。身包《みぐる》み剝《は》いで売り飛ばせばかなりの儲《もう》けになっただろう。

だが見れば、暁景の着物はきちんと枕元に畳まれてあるし、愛刀も手を伸ばせば届く所に置かれている。着物に至っては汚れが落とされ、丁寧に穴や鉤裂《かぎざ》きを繕われていた。

貧しい村の者が死にかけた武士を見つければ、後腐れの無いよう止《とど》めを刺して所持品を奪うのが普通である。その武士の身分が高そうであれば、首を取って敗残兵狩りの兵たちに差し出し、幾ばくかの金を得る。彼らが特別無慈悲というのではなく、乱世ではそれが常識なのだ。

しかし清音たちは暁景を殺すどころか見返りも求めずに助けた。清音に至っては三日もの間付ききりで看護をしてくれたという。

義弟の謀略かと疑おうにも、清音からは悪意の欠片《かけら》も感じない。出逢ったばかりの暁景に、どこまでも慈愛深い眼差《まなざ》しを注いでいる。澄んだ瞳を見詰めているだけで、暁景の鼓動はどんどん速くなっていく。

ゆるく締められた下帯の中で、一物が反応していた。

これはどうしたことだ。どれほど美しくとも清音は成人した男である。女日照りの戦場でもない限り、こんな欲望など抱くはずもないものを。

暁景の混乱をよそに、清音は暁景の下からするりと抜け出した。離れようとする清音の小袖の裾を、暁景は無意識に引っ張る。

きょとんとする清音よりも、驚いているのは曉景の方だ。引き止めるつもりなど無かったのに、気付いたら手が動いていた。

この温もりを逃したら、またあの暗く冷たい水底に落ちてしまう。くだらない妄想に突き動かされた己が、曉景には信じ難かった。いかなる劣勢にあってさえ、戦場では微塵《みじん》も恐怖を感じない。むしろ血湧き肉躍るというのに。

「大丈夫。食事と水を貰《もら》ってくるだけです。ずっと眠っていて、お腹《なか》が空《す》いているでしょう?」

頑是無い幼子をあやすような口調にも、苛立《いらだ》ちは湧かなかった。むしろさっきと同じ胸の疼《うず》きと、欲望とは違う甘酸っぱい感情が生まれる。

たおやかな腕に包まれ、平らな胸に顔を埋《うず》めたくなる。そんな己に、更に驚愕《きょうがく》する。

「少しだけ待っていて下さいね。すぐに戻って来ますから。…そうだ、貴方の御名前を聞いてもいいですか?」

「…佐伯《さえき》、曉景だ」

ここが完全に安全だと判断出来ない以上、身分を明かすわけにはいかなかった。家名は腹心から借り、名乗るのは名前だけにしておく。

「曉景…良い名前ですね」

曉景は忌まわしいとしか感じない名が、清音の唇に紡がれれば本当に素晴らしいもののように響く。何度も呼んで欲しくなる。

女は飽くほどに抱いてきたが、どんな美女であろうと精を放ってしまえばとたんに興味が失《う》せるのが常だった。女が戯れにでも名を呼ぼうものなら、ことの最中だろうと放り出した。

だが、清音は違う。こんなに離れてではなく、もっと近くで…たとえばさっきのように肌と肌を重ね合わせ、耳元で甘く呼ばせたくなる。澄んだ瞳に暁景だけを映させ、暁景だけに笑いかけさせたなら、どれほど心地好《よ》いだろう。

逢ったばかりの、氏素性も知れない男を相手にどうかしているとは思う。

だがついさっきまで重ねられていた肌の感触が、甘い花の匂いが、本来の用心深さを春の淡雪のように溶かしてしまうのだ。

もしやこの男は人ではなく、人を誑《たぶら》かして生気を奪うという魔性なのではないか。

半ば本気で疑ってしまった暁景の動揺など知らず、清音は花が綻ぶように笑う。

ただそれだけで光が満ち、ずっとその微笑みを見詰めていたいという願い以外抱けなくなる。

「私は清音と申します」

魔性であろうと構わない。この美しい男が欲しい。傍に置いて独占したい。

後から後から湧き出る内心の声は、否応無く暁景に現実を突き付ける。

——ほんの僅かな間に、暁景はすっかり清音に心を奪われてしまったのだと。

暁景は五日もすれば歩けるようになった。

元々、傷そのものは深くなかったとはいえ、一時は死にかけていたことを考えれば驚異的な回復力だ。やはり、戦いを本分とする武士の体力は桁《けた》違いなのだろう。

清音は村長の家に留《とど》まり、暁景の世話を続けていた。

今までも行き倒れの旅人が運び込まれたことはあるが、暁景のように身分ある武士は初めてだ。年に数度訪れる気さくな代官とはまるで違い、素朴な村人たちでは萎縮してしまう。暁景は鄙《ひな》ではまず居ない整った容姿の主でもあることから、のぼせ上がった若い娘が過ちを犯してはいけないと村長が判断したせいもあった。

村長は当初、何故か清音が看護をするのも強く止めたのだが、清音は聞かなかった。この身は人の愛情から生まれた精霊だ。我が手で助けた暁景は村の子らと同様に可愛く、気にかかる存在であった。

村長が判じた通り、暁景は鬼束家の若き当主の近臣、佐伯則重《のりしげ》の弟だという。兄弟揃《そろ》って当主に仕えており、当主の狩りに同行した際、賊の襲撃に遭った。賊は撃退したものの伏兵に矢を射掛けられ、川に転落したのだそうだ。

当主も兄も心配しているだろう。すぐにでも使いを出してやりたかったが、ここ数日悪天候が続いており、城下に通じる山道を行くのは躊躇われた。

「道さえ教えてくれれば俺が行く」

暁景は最初そう言ったが、清音は頑として許さなかった。歩けるようになったとはいえ怪我人なのだ。

「…何故そこまで反対する。俺がこれしきの傷で参るような惰弱な男だと、侮《あなど》っているのか?」

「違います。ただ心配なのです、貴方が」

剣呑《けんのん》に眉を顰《ひそ》める暁景に、共に居た村長は竦《すく》み上がったが、清音は動じなかった。

暁景は己の弱さを曝《さら》け出すのを極端に恥じる質のようだ。あれほどの目に遭っても生き延びたのだと誇るより、不覚を取った己を責めている。

城主に仕えるには得難い資質であっても、清音にはどこか幼子のように感じられる。痛いのに意地を張って痛いとは言い出せずにいる、不器用な幼子に。

尤《もっと》も、清音にとって大概の生きた人は幼子のようなものなのだが。

「…心配?」

暁景は未知の言葉を聞いたとでもいうように目を瞠《みは》ったが、清音が頷《うなず》くと微かに頬を赤らめた。

「お前は…俺が心配なのか?」

「はい。もしも貴方が無理をして山道を行き、何かあったらと思うと、気が気ではありません。

焦るのもわかりますが、どうかここに留まっていてはもらえませんか」

真摯《しんし》な説得が通じ、暁景は天候の回復を待つことを承諾してくれた。

清音としては大人しく寝ていて欲しいのだが、暁景はそれでは身体が鈍ると言い、今日は清音を供に村を散策している。

清音の本体である見事な桜の大木がある以外は、これといって見所も無い、ごく平凡な村だ。国主の近臣として華やかな城下に住まう者には面白くもないだろうに、暁景は隅々まで見て回り、時折村人を捕まえては質問を浴びせていた。

何を聞いていたのかと問えば、周囲の風景や村人たちの話から、平村の大体の位置を割り出していたのだという。

「話を聞いただけでそのようなことが出来るのですか?」

「たいしたことではない。さえ…俺の兄など、殿に命じられ、辰見国中の道という道、村という村を把握しているからな。代官どもより詳しいくらいだ」

こともなげに言ってのける暁景だが、要衝でもない地域まで把握している国主は珍しいはずだ。戦乱の世、多くの国主は戦略的に重要な地帯を調べさせはしても、平村のように小さな村は代官や地侍に任せ切りなのが普通である。

「それでは代官どもが誤魔化し放題になってしまうだろう。農村が干上がれば、武士も、国も立ち行かなくなる……鬼束の殿は、そうお考えなのだ」

疑問をわかりやすく説明してくれた暁景に、清音は微笑んだ。

「鬼束の殿は、とてもお優しい御方なのですね」

「…ただのがめつい、業突く張りの小心者だとは思わないのか？」

「私はこの通り無教養な鄙の者ですが、旅人から時折他国の話を聞くことがあります。それによれば、他国では戦の度に男手や蓄えを攫《さら》ってゆかれ、嘆く農民たちが後を絶たないとか。ですが、辰見国ではそのような話は聞きません。この平村も、いたって平穏な日々が続いております。それも全ては鬼束の殿のおかげ。お優しい御方だと、私は思います」

こういった話を清音にもたらしてくれるのは、実際には旅人などではなく鳥たちである。人の主観が混じらないだけに、鳥たちの情報は正確だ。

話をどこかくすぐったそうに聞いていた暁景が、ぽそりと呟く。

「…お前は、お…殿を見たことが無いからそのようなことが言えるのだ。実際の殿は、家臣からも生まれながらの鬼と恐れられる御方なのだぞ」

仮にも己の主君であろうに、暁景はさっきからにべも無い。だが、無礼と言うよりは主君に対する親近感のように思え、清音は苦笑を誘われた。

「生まれながらの鬼など、居るはずがありません。もし居るとすれば、それは人を鬼と謗《そし》る者の方でしょう」

「…お前にかかれば、この世に悪人など居なくなってしまうな」

心底呆《あき》れたように言いながらも、暁景はどこか嬉しそうだった。

「信じられないくらい平和な村だな」

一通り村を見て回った後、川辺で握り飯に齧《かじ》り付きながら暁景が言った。すぐ向こうには危うく死に場所となるはずだった川が流れている。

「守備には向いた地形だが、柵一つあるわけでもない。賊や敗走兵どもにでも見つかればひとたまりも無いだろう。にもかかわらず田畑は荒らされず、過去に略奪を受けた形跡も無い。おまけに村人たちはよそ者を恐れるどころかこの有様だ」

暁景が食べている握り飯や漬物は、村を歩く間、村人たちが昼餉《ひるげ》から分けてくれたものなのだ。人の食べ物を必要としない清音には、竹筒に入った清水を渡してくれた。暁景にはよほど驚愕に値する出来事だったらしい。

呆気《あっけ》に取られた顔を思い出し、清音はくすくすと笑った。

「暁景が無事助かったことを心から喜んでいるのですよ。貴方のような武士は初めてなので緊張していたようですが、良い人だとわかったのでしょう」

「…随分と目出度《めでた》い頭だな。俺が本当に鬼東の家臣だと証明されたわけでもなかろうに」

「良い人ですよ。村を歩く間、貴方は私の歩みに合わせてくれました。さっきも私に握り飯を分けてくれようとしたでしょう？」

「たった…それだけか？　どういうこともない…当たり前のことではないか」

　暁景は腑《ふ》に落ちないと首を捻《ひね》るが、本当の悪人はその当たり前のことこそが出来ないものだ。衆目を浴びている時なら、誰でも善行を心がける。人の本当の性根は日常のさりげない一時にこそ表れるのだ。身分も無い清音を当たり前に気遣える暁景は、清音の基準では立派な善人である。

　暁景は握り飯を持ったまま、まじまじと清音を見詰めた。

「お前は不思議だな…。俺とそう変わらぬ歳《とし》であろうに、悟った老人のような口を利く。無教養と言いながら高い見識もある。……一体、お前は何者なのだ？」

「何者と言われましても…見ての通り、ただの村の者ですよ」

「いや、そうではあるまい。村人どもはお前を明らかに特別扱いしている。俺に親切なのも、お前が俺の世話をしているからだろう。…もしやお前は、どこぞの落胤《らくいん》か？　その不思議な髪の色ゆえに、実家から遠ざけられているのか？」

　水を飲み下そうとしていたところへ予想外の問いをぶつけられ、清音は盛大に噎《む》せた。げほげほと咳き込む清音の背中を、暁景が慌てて擦《さす》る。

「だ、大事無いか？」

「す…、すみません、平気です。少し驚いただけ」

そう言えば、暁景にはまだ清音が桜の精霊であることを教えていなかったのだと今更ながらに思い出した。

別に隠すつもりは無く、村では周知の事実だから改めて教えるという発想が無かったのだ。しかし、まさか暁景がそんな想像を働かせていたとは。

清音はなおも背中を擦ってくれる暁景を見上げて微笑んだ。

「ありがとうございます。やはり暁景は優しい、良い人ですね」

「……！　お前は…」

暁景は何故か真っ赤になって顔を逸《そ》らした後、ぼそりと告げた。

「言い辛《づら》いのであれば、答えなくて良い。お前を困らせたいわけではないのだ」

「暁景…？」

「お前がどこの誰であろうと構わない。ただ俺は、お前を…」

「き、き、清音様――――！」

慌てふためいた村の男が駆け込んできて、暁景の言葉はかき消された。ずっと清音を探し回っていたのか、男は肩で息をしつつも必死に訴える。

「た、大変です。次郎《じろう》んとこのタエが、毒芹《どくせり》を食っちまったみてえで…すぐに吐かせたんですが、酷く吐いて、苦しそうで…っ！」

皆まで聞かず、清音は脱兎《だっと》の如く走り出した。

次郎の娘のタエはまだ二歳になったばかりで、何にでも興味を示して口に放り込んでしまう年頃だ。毒芹は畦道のあちこちに生えている。母親がちょっと目を離した隙《すき》に、駆除しきれなかった分を食べてしまったのだろう。

タエは次郎の家に運び込まれていた。布団代わりの筵《むしろ》の上で、はあはあと苦しそうに呼吸し、小刻みに痙攣《けいれん》している。

「清音様！　ああ、どうか、どうか娘を助けて下さいっ」

「お願いします、お願いしますっ」

縋《すが》りつかんばかりに懇願する両親に頷き、清音は小さな身体を抱き込んだ。幼子が苦しむ姿ほど痛ましいものは無い。早く楽にしてやらなければ。

嘔吐《おうと》の跡がある唇に、清音は迷わず唇を重ねた。暁景にしたのと同じ要領で力を注いでやる。食べた量が少なかったのと、すぐに吐かせたのが良かったのだろう。毒は瞬く間に消え失せ、タエの震えも治まった。清音が再び筵に横たえてやった時には、すやすやと安らかな寝息をたてている。

「清音様…、ありがとうございます…！」

「まっこと、清音様は村の守り神じゃあ！」

両親は歓喜し、涙ながらに清音の手を握って何度も礼を述べた。後の看病は母親に任せて外に出ると、笑顔の村人たちがわらわらと寄ってくる。

幼子は村の宝だから、村全体で慈しんで育てる。宝物が助かったことを村人たちは心から喜び、清音に感謝した。

微笑んで応えていると、清音を囲む人垣が唐突に割れ、剣呑《けんのん》な表情の暁景が現れた。触れれば切れてしまいそうな空気を恐れて村人たちが一斉に口を閉ざす。

「――来い」

「え？　あの、ちょっと…っ」

戸惑う清音の手首を掴《つか》み、暁景はつかつかと大股で歩き出した。引き摺《ず》られるようにして辿り着いたのはさっきの川辺だ。

暁景は一本だけぽつんと生えた木に清音を押し付け、頭の横に手を突いて閉じ込める。助けた時と同じ黒い炎が、暁景の双眸で燃え盛っていた。

「あれは…一体、何だったのだ。お前は本当に何者なのだ」

どうやら暁景は一部始終を見ていたらしい。村人たちは清音の力には慣れっこだが、初めて目にすれば驚き、慄《おのの》くだろう。

「…あの丘の上に、桜の木があるのがわかりますか？」

丘の方角を示せば、暁景は不審そうにしながらも頷いた。今を盛りと咲き誇る清音の本体は、遠く離れたここからでもはっきりと見て取れる。

「私はあの桜から生じた精霊です。人ではありません」

「な…、に？」

言葉を尽くすよりも、証を示す方が早いだろう。清音は曉景の厚い胸板に抱き付き、己の本体に戻りたいと念じる。

柔らかな風が二人を包み込み、ほんの一拍の後には景色が切り替わっていた。煩いほどだった川の水音が消え、代わりに満開の桜の大木が目の前に艶《あで》やかな姿を晒《さら》している。

ある程度の距離なら、清音はこうしてひと飛びに己の本体に戻ることが出来るのだ。

更に、呆気に取られる曉景の前で本体と同化し、またすぐに人の姿を取って見せる。手っ取り早く桜の精霊である証を立てたつもりなのだが、いかがですかと問うより早く、逞しい腕に引き寄せられた。清音を背に庇《かば》い、進み出る曉景の手には、彼の愛刀が握られている。

「あやかし風情が…この俺の前で人を攫おうとは、小賢《こざか》しい」

村長が作った即席の白木の鞘から、白刃が抜き放たれた。隙一つ無い流れるような仕草で、曉景が刀を構える。

こちらに向けられた背からすさまじい殺気を感じ、清音は己の行動が完全に裏目に出てしまったことを悟った。曉景はおそらく、清音の本体たる桜を、あやかし——人に仇《あだ》なす魔の者だと勘違いしているのだ。幼子や若者を惑わせ、己の元まで引き寄せて生気を貪《むさぼ》る妖木の話は、この辰見国でも有名な御伽噺《おとぎばなし》の一つである。

「やめて下さい、曉景！」

「…！」

清音が叫んだ瞬間、呼応するように桜がざわめいた。風も無いのに揺れる枝からはらはらと花びらが零れ、暁景に降り注ぐ。

儚《はかな》い花びらに人を傷付ける力は無いが、暁景は理不尽な暴力を振るう男ではない。刀を抜いたのも、清音をあやかしから救おうとしてのことだ。薄紅色の壁に視界を塞がれ、清浄な花の香りに包まれれば、正気を取り戻してくれるはず。

少しすると、期待した通り、暁景が困惑したように刀を下ろした。役目を果たした花びらが再び宙に舞い上がり、今度は清音の周囲でたなびく。まるで、薄紅色の天人の羽衣のように。

「…本当に、精霊なのか…」

身を以《もっ》て体験すれば信じざるをえまい。暁景は唸り、抜き身の刀を白鞘に戻した。

「毒矢から俺を救ったのも、お前の力だったのだな…」

「はい…。黙っていてすみませんでした」

伊達《だて》に長く生きているわけではない。清音のような精霊もあやかしも一緒くたに忌み嫌う人が居るのは承知している。

暁景もその一人だとしたら、いくら死にかけていたといっても、清音に助けられたのは屈辱なのかもしれない。

「不快な思いをさせてしまい、すみませんでした。兄君が迎えに来るまでは、なるべく貴方の目に触れないようにしますから…」

「そうではない！」

暁景は獣が咆哮《ほうこう》するように叫び、清音の両肩をきつく掴んだ。

頭一つ以上高い所から恐ろしいほどまっすぐな、燃え盛る双眸が清音を射る。清音を敬愛する村人たちからは終《つい》ぞ向けられたことの無い、猛々しい眼差しだ。

「俺はそのようなことを言っているわけではない。お前が人ではないと言うのなら、むしろ納得出来るというものだ。助けられたことにも感謝しこそすれ、不快には思わん」

「…ならば、何故？　何故暁景はそんなに怒っているのですか？」

「お前は何故、俺を助けた？」

逆に問い返されてしまい、清音は首を傾げつつも答えた。

「誰かがすぐ近くで助けを求めていると感じたからです。目の前で死にかけている者が居れば、手を差し伸べるのは当然のこと」

「俺でなくとも…例えば見るからに賊のような風体の者でも、お前は助けたのか？　俺にしたように温もりを分け与え、目覚めるまで付き切りで看病したのか？」

「はい。命は皆、等しく尊いものですから」

清音にとって、苦しむ人々を助けるのは人が呼吸をするのと同じことだ。村人たちが無償の愛情を注いでくれたからこそ、清音は生まれて来られたのだから。そこに疑問を差し挟む余地は無い。

迷いの無い答えを聞いた曉景は顔を歪《ゆが》め、項垂《うなだ》れた。掴まれたままの肩から、小さな振動が伝わってくる。

「く…、くくっ、ははっ…」

「曉景？　どうしたのですか？」

「お前は目の前で苦しんでいる者であれば、誰でも助けるのだな。誰にでも優しくして、その唇と温もりを分け与えるのだな。俺でなくとも…ふ、ははは…っ」

笑っているはずの曉景がどういうわけか泣き喚《わめ》く幼子のように見えて、清音はそっと広い背中を擦った。それでようやく笑い止《や》んだかと思えば、曉景は今度は清音を荒々しく腕の中に閉じ込める。

回復した曉景の身体は死の淵《ふち》にあった時よりもずっと温かく、清音には熱く感じられるほどだが、不思議と心地好い。

「お前はどこまでも残酷だ…だが俺は、そんなお前が…」

ぽつりと呟き、曉景は清音の肩口に顔を埋める。

はらはらと薄紅色の花びらが舞う中、日が暮れるまで、二人はずっとそうしていた。

桜の木の下で走り回っていた幼子が、ぱっと笑顔で振り返る。誇らしげに広げられた紅葉《もみじ》の手には、薄紅色の花びらが乗せられていた。

「きよねさま！　とれた！」

「良かったですね。でも、あまり急いで走っては転んでしまいますよ」

「だいじょうぶー！」

幼子は再び花びらを追いかけ始めたかと思えば、今度は草むらに生えたつくしに興味を示してじっと観察し、次の瞬間には目の前を横切った蝶々《ちょうちょう》を捕らえようと奮闘する。

一時もじっとしていない幼子は、一日中見ていても飽きない。本当に愛らしいものだと思う。

「ねえねえ、きよねさま、それで？　おぼうさまはどうなったの？」

小さな手がくいくいと清音の単衣《ひとえ》の裾を引っ張った。清音の周囲には数人の幼子が集まり、興味津々《しんしん》の顔で御伽噺の続きを待っている。

親たちが農作業に精を出している間、まだ手伝いの出来ない幼子たちが清音の元で遊ぶのは平村の日常だ。ここ数日殆《ほとん》ど構ってやれなかった反動か、幼子たちは朝からずっと清音に張り付いて離れようとしない。

「ああ…、それから旅のお坊様は…」

御伽噺の続きを聞かせてやりながら、思い浮かべるのは曉景のことだ。

二日前、清音の正体を知ってから、曉景は清音を避けるようになった。村長とは時折何か話しているようだが、清音の傍には近寄ろうともしない。

暁景が取り乱した理由は、清音には未《いま》だによくわからない。

だがきっと、人ではない清音が厭《いと》わしくなったのだろう。それくらいしか思い当たらない。

やっと天気が落ち着いたので、使いの男たちは暁景の書簡を携え、今朝村を出立した。早ければ明日にも暁景の兄が迎えに来てくれるだろう。

嫌われたのは悲しいけれど、残り僅かな滞在期間を心穏やかに過ごして欲しいと思い、清音は本体たる桜の元に留まっていた。ここなら村に居る暁景の目に触れることも無い。

話がいよいよ佳境に入り、小さな聞き手たちの期待もぐんと高まった時、鋭い痛みが胸を刺した。

「う……っ」

「きよねさま？　きよねさま！　どうしたの、どっかいたいの？」

異変を察知した幼子たちが、胸を押さえて蹲《うずくま》る清音を気遣わしげに囲む。

痛み？　いや違う、これは予感だ。何か…とても恐ろしい何かが、この平村を目指している。ほんのすぐそこまで近付いている。精霊として生じて初めての感覚だった。

「皆…、ここに居て下さい。私が戻るまで、動いてはいけませんよ」

清音は幼子たちを桜の根元に移動させた。幼子たちが不安そうにしながらも頷くのを確認し、村に向かう。

どんな危機が迫っているのかまではわからないが、とにかく急いで村人たちを安全な場所まで誘導しなければならない。

だが、丘を下りようとしたところで、清音の足はぴたりと止まった。

「戻る必要は無いぞ、清音」

馬上から言い放つ男が誰か、一瞬理解出来なかった。手綱を巧みに操り、真新しい小袖と袴を纏った暁景は、今までとは比べ物にならない威容を示していたからだ。

暁景の隣には同じ年頃の武士が轡《くつわ》を並べていた。こちらは具足をつけ、腰には太刀を佩《は》いているが、小柄で武士よりは文官という方が似合いそうだ。

二人を先頭に数十人の徒歩の兵たちが続き、縄を打たれた村人たちを取り囲んでいた。掲げられた長槍《ながやり》の穂先が日差しを受けて不気味に輝いている。

「清音様、お逃げ下さい！　こやつらは突然現れて、清音様を…っ」

血相を変えて叫ぶ村長の喉元に、兵がすかさず槍を突き付ける。

鋭い穂先は村長の皮膚を僅かに切り裂き、鮮やかな血が流れた。争いとは無縁だった村人たちは、ひいいっと悲鳴を上げて慄く。

「父ちゃん！　母ちゃん！」

「いやあああああっ」

騒ぎを聞き付けて現れた幼子たちは腰を抜かして泣き喚いた。中には恐怖のあまり失禁する者まで居る。

清音は一番幼い子の傍にしゃがみ込み、小さな身体を抱き締めようとした。だがその瞬間、ひゅっと風を切る音がして、飛来した矢が幼子の着物の袂《たもと》を射抜く。

「俺の許し無く、俺以外の者に触れるな。今度は当てる」

見れば、馬上の暁景が構えた弓を下ろすところだった。馬の足元に跪《ひざまず》いた兵が恭しく矢筒を掲げている。

矢は袂を貫いただけだったが、あまりのことに幼子は声にならない悲鳴を上げて失神してしまった。泣き喚いていた他の子らも、少しでも身動ぎすれば殺されるとでも思ったのか、嗚咽《おえつ》を必死に嚙《か》み殺す。

「なんということを…」

清音はきっと暁景を睨《にら》み付け、幼子たちを庇って進み出た。

力こそが正義であり、無力は即《すなわ》ち悪。力ある者が弱き者たちを虐《しいた》げるのは当然だと、虐げられる側の者でさえ納得せざるをえないのが乱世というものだ。

けれど、清音は守りたい。優しい無辜《むこ》の人々を、何としても助けてやりたい。村人たちは愛《いと》しい我が子なのだ。たとえ相手が清音では到底歯の立たない屈強な兵たちでも、我が子が酷い目に遭わされるとわかっていて引き下がれる親など居るはずがないではないか。

戦う術《すべ》を持たない精霊には、これだけの数の兵を退けることは叶わない。この身が兵たちに引き裂かれる間に、せめて幼き子たちだけでも逃がしてやれないだろうか。

「こんな時でさえ、我が身よりも村人どもを心配するか。流石だな、清音」

暁景は嘲《あざけ》るように言い、隣の武士に弓を渡して馬から下りた。余裕を滲ませてゆっくりと歩み寄り、清音の髪を掬《すく》い上げる。

優しくすらある仕草は避けられる前と変わらないのに、どうしてこんな暴挙に出たのだろうか。

「何故ですか？　何故こんなことを…一体、何が望みで…」

「俺が望むのはお前だ。それ以外ありえない」

「え…？」

人の姿を取れるほど力の強い精霊は、そうそう居るものではない。中には天空を駆け、風雷を自在に操る者も居ると聞く。

だが清音に出来るのはせいぜい解毒と、悪しきものを遠ざけるくらいで、それも今暁景に破られてしまった。賊の類と違い、強い意志と武力を持つ者たちの前では、清音の力は儚いものだ。到底、戦場では役に立たない。

清音の考えなどお見通しとばかりに、暁景は尊大に言い放った。

「誰がお前を戦場になど伴うものか。俺のものになれと言っているのだ」

「貴方の、ものに？」

「そうだ。俺だけのものになって、俺だけを見ろ。俺だけに笑い、俺だけにその声を聞かせろ。さもなくば、村人どもを一人残らず殺す」

暁景の宣言を合図に兵たちが動き、村人たち一人一人に槍の穂先を突き付けた。

「だっ、駄目です、清音様！」

「そんなこと、聞いちゃあなりません！」

「わしらのために清音様が犠牲になるなんて…！」

村人たちは今にも喉を突かれそうになりながら、恐怖を堪《こら》えて懸命に叫ぶ。背後でも、幼い声が震えながら「だめ、だめ」と繰り返す。

暁景は本気だ。もし清音が拒もうものなら、眉一つ動かさずに殺戮《さつりく》を命じるだろう。清音が守るべき平和な村は、血塗れの地獄と化す。

ならば、取るべき選択肢は一つしか無い。清音は相手がたじろいでしまうほどまっすぐな瞳で、暁景を見上げる。

「わかりました。言う通りにします。だから、村の者たちには手出しをしないで下さい」

「な…、に？」

自ら迫っておきながら、暁景は訝《いぶか》しげに聞き返した。

「…意味がわかって言っているのか？」

「勿論《もちろん》です」

花が受粉するように、人の男と女が交わって子孫を残すことくらいは知っている。

暁景だけのものになれというのは、清音に暁景の子種を受け容《い》れろということだろう。子を孕《はら》めない男の身体に種をつける理由も方法もわからないが、村人たちの命が助かるのならこの身はどうなろうと構わない。

「さあ…どうぞ、好きにして下さい」

清音は無抵抗を示すために目を閉じ、腕をだらりと垂らした。ちゃり、と金属が触れ合う音がした直後、いきなり全身がひやりとした空気に包まれる。

「…っ！」

はっとして瞼を開ければ、清音は一糸纏わぬ姿を晒していた。さっきまで確かに纏っていたはずの小袖と下帯は、真っ二つに裂けて足元に蟠《わだかま》っている。

「村人、村人、村人…お前の頭にあるのは、それだけなのかっ」

怒気も露《あらわ》に吐き捨てる暁景の手には、抜き身の打刀が握られていた。清音の身体には傷一つ付けず、衣だけを裂くとはすさまじい技量だ。

「そんなに、この者どもが大切なのか。この者どものためなら…その美しい身体を、鬼にでも差し出すと言うのか！」

暁景は刀を放り捨て、袴の腰紐《こしひも》を緩めた。武士から猛々しい獣への変貌に息を飲む暇も無く、清音は肩を摑まれ、地べたに引き摺り倒される。

「ああっ……！」

精霊であっても、人の姿を取っている時はきちんと痛みを感じる。

激痛を覚悟した清音だが、すかさず差し入れられた曉景の腕が頭と腰を支えてくれたおかげで痛みは殆ど無かった。

黒い炎を宿した双眸が、唇が触れ合うほど近くから清音を見下ろす。

無防備に晒された素肌に、ごくりと息を飲んだのは曉景だけではなかった。村人たちを取り囲む兵たちもだ。彼らの位置からは清音の手足くらいしか見えないのだが、日焼けとは無縁な白くほっそりとした手足はそれだけでも男の劣情をそそる。

曉景は舌を打ち、清音を押さえ付けたまま叫んだ。

「佐伯！」

「はっ」

機敏に反応し、馬を清音たちの傍まで寄せたのは曉景と轡を並べていたあの武士だった。

佐伯は曉景の家名だ。ということは、あの武士が曉景の兄、則重なのだろうか。それにしては少しも似ていないし、恭しい態度はとても弟に対するものとは思えない。

前方が開けると、兵たちは槍先で背を突くようにして村人たちを進ませた。裸で組み敷かれる清音の姿が、我が子にも等しい者たちに晒される。

「き…っ、清音様…！」

「おやめ下され！　清音様に、そのような真似を…罰が当たりまするぞ！」

村長が気丈にも声を張り上げるが、暁景は鼻先で笑い飛ばした。

「罰だと？　ならば、この村はとうに滅びていなければ道理に合わないではないか。この村の男で、一度も清音に劣情を覚えなかった者は居るか？」

暁景は一旦起き上がって地面に座し、清音を背後から抱き締めるようにして膝の上に乗せた。膝裏に差し込まれた手がぐっと清音の脚を開かせ、秘められた部分を余すところ無く村人たちに披露する。

「やめて…、駄目です、見ないで…！」

精霊である清音は、羞恥《しゅうち》という感情は人に比べたらずっと希薄だ。

叫んだのは恥ずかしいからではなく、背後から殺気にも似た気配が放たれているからだった。

自ら仕向けておきながら、清音に注がれる視線が増えれば増えるほど暁景の怒りは高じていく。

「見ろ！」

村人たちがとっさに目を逸らそうとするのを、暁景は許さなかった。清音の脚を更に高く持ち上げ、尻のあわいまで見せ付ける。

「お前たちも、これが欲しかったのだろう？　ここに一物をぶち込み、思いのたけを孕ませたいと願ったのだろう？」

「ち…、違う、わしらは決してそんな…っ」

「これほど美しく無垢《むく》な生き物を前にして、昂《たかぶ》らなければ男ではないわ」

ぶんぶんと首を振り、懸命に否定する村長を、暁景はせせら笑った。

「村長よ、お前は言ったな。清音は家族であると同時に村の守り神だと。…だが違う。これは魔性だ。誰彼構わず慈悲を垂れ、惚《ほ》れ込ませてからどん底に突き落とす残酷な魔性だ。それがわかっているからこそ、お前たちは神などと崇《あが》め奉り、手の届かぬ存在だと思い込むようにしたのだろう？」

「魔性…？」

暁景は清音が理解出来ないことばかりを言う。

困っている者、苦しんでいる者が居れば力の及ぶ限り助けるのは当然ではないか。それがどうして惚れ込ませるとか、どん底に突き落とすとかいうことになってしまうのだ。

「そうだ清音、お前は魔性だ。神などではない。…俺の…」

暁景は背後から清音に頬を擦り寄せ、白い項《うなじ》を舌でなぞった。武骨な手が太股《ふともも》の裏側を滑り、股間で縮こまる性器を包み込む。

排泄を必要としない故、そこは己でも滅多に触れない場所だ。きつく揉まれれば、痛みと共に未知の感覚が背筋を這《は》い上っていく。全身の気が熱を帯び、身の内で逆流する。

「あ…、あっ、や…やめて、くださ…っ」

清音は暁景を振り仰いで懇願した。このままでは性器の先端から何かが飛び出してしまいそ

うなのだ。そしてそれは、人前で…しかも太陽の下では、してはいけない行為のような気がする。

だが暁景は止めるどころか、興奮した顔で指の動きを速めた。熱がぐんぐん上昇していくにつれ、意識が紗《しゃ》がかかったようにぼやけていく。

槍先で脅され、目を逸らしたくても逸らせない村人たちの呻《うめ》き声も、背後の荒い呼吸すらも、最早清音には届いていなかった。押し寄せる熱が外に零れてしまわないよう、堪えるのが精一杯だ。

だがその抵抗も長くは続かなかった。

「あっあ、あ、は、やあ…ん!」

先端の括《くび》れを抉られた瞬間、ついに熱を塞き止めていた堤は崩壊した。頭の奥で光が弾け、今まで何も出したことの無い性器の先端から白い液体が噴き出る。

強い花の香りがした。いつも清音が自然に纏っているよりももっと濃密で、もっと甘いが、それは確かに清音の香りだ。

暁景は香りの源である液体を残さず掌《てのひら》で受け止め、見せ付けるように舐《な》めた。

「…甘いな。お前はこんなものまで甘いのか」

暁景は袴を無造作にずり下げると、下帯から己の一物を取り出した。

清音の股間を潜って聳《そび》えるそれは今までに見た誰のものよりも太く長大で、衆目に晒されながらも萎《な》えず、清音の性器を押し上げる勢いで雄々しく勃《た》ち上がっている。

「ようく見ておけ。お前たちの崇める神が、堕《お》ちる様をな…！」

暁景は村人たちに不遜《ふそん》に宣言し、肉の凶器とも言うべき一物に清音が出したものを塗り付けながら扱《しご》いた。ますます猛り狂うそれを、まだ固いままの蕾《つぼみ》に押し当てる。

「清音様あああっ！」

「いっ…あ、ああー！」

村人たちと清音は殆ど同時に絶叫した。

太い切っ先が情け容赦無く蕾を抉り、清音の中にめり込む。

その痛みたるや、ほんの一瞬とはいえ村人たちのことを忘れ、なんとか逃れようと激しくもがいてしまうほどだ。そして惨《むご》たらしい串刺しの瞬間を、村人たちは否応無しに見せ付けられ続ける。

「はあっ、あ、だ、だめ、や、や…っ！」

どれだけもがいても逞しい武士には敵《かな》わない。清音が声も絶え絶えに抵抗する間にも切っ先はじわじわと蕾を抉《こ》じ開け、ついには清音の中にすっかり収まってしまう。これだけ人が居るのに、めりめりと己の肉が軋《きし》み、裂ける惨たらしい音しか聞こえない。

後は暁景の思うがままだ。清音を支える腕が離されてしまえば、清音の重みで一物は一気に沈み込む。

「――――！」


悲鳴は声にはならなかった。

本体が無事である限り、精霊に消滅は――人間で言うところの死は訪れない。けれどこの時、清音は一瞬本気で消滅を覚悟した。

元々痛みにはあまり免疫が無い。そこへ、排泄の経験すら無い柔すぎる胎内に、いきなり異物を受け容れさせられたのだ。身体を千々に裂かれるかのような激痛にのたうつそばから、脚を開かされたまま揺さぶられ、灼熱《しゃくねつ》の肉杭《にくくい》が内側から無垢な胎内を焼いていく。

熱い、熱いと、すぐ傍で誰かがうわ言のように囁いている。ククッと笑った暁景に喉をあやすように撫でられ、ようやくそれが己の声だと気付いた。

…これが、人の熱さなのか…。

胎内から全身に広まる熱が、飛びそうになる意識を皮肉にも繋ぎ止めていた。

身体の内側から、心までもが焼き焦がされ、暁景という男に侵食されてしまう。怖い、逃げたいと思っても、抱え上げた脚ごと清音を拘束する逞しい腕と、奥の奥まで打ち込まれた肉の楔《くさび》が許してくれない。

がくがくと揺れる視界に、咽《むせ》び泣く村人たちの姿が映る。

彼らや、彼らの祖先と過ごしてきて、人というものを少しは理解したつもりだった。人は春の日差しのように優しく穏やかなものだと思っていた。

でも、違った。清音は少しもわかっていなかった。人はただ穏やかなだけの存在ではないのだ。今は穏やかな太陽が、夏には苛烈に照り付けるように。

「忘れるな…、これがお前の男だ」

「ひっ、ふ、あぁ…っ」

「お前を支配するのは俺だ。他の誰でもない、この俺だ…！」

激しく打ち付けられていた一物がひときわ深く入り込み、びゅくんびゅくんとしゃくり上げながら熱い液体を大量にぶちまける。

噎せ返るほどの生気を感じた。胎内をあっという間に満たしていくそれは、暁景の命の息吹そのものだ。清音が人の女であれば今この瞬間、間違い無く孕んでいただろう。

人ですらない清音の中で、暁景の種はどこにも行き場が無い。

だが、叫んでいた。俺を受け容れろ、俺を刻み込めと、狂おしく雄叫《おたけ》びを上げていた。

ぶつけられる感情はあまりに激しく、あまりに生々しくて、清音の意識を内側から焼いていく。

『お前は…、どこまでも残酷だ…』

気を失う寸前に何故か思い浮かんだのは、寂しげに呟く暁景だった。

失神した清音をなおも揺さぶり、最後の一滴まで注ぎ込むと、曉景はようやく腰を止めた。ぐったりともたれかかる身体をおもむろに持ち上げれば、まだ猛ったままの一物が蛇のように這い出ていく。

予想よりも遥かにきつく、うねるように絡み付いてきた胎内をもっと愉《たの》しみたいのは山々だが、まずは村人たちに思い知らせてやらなければならない。清音が曉景のものになったということを。

「…お、おお…、なんてことだ…」

さっきまで一物を銜《くわ》えていた余韻《よいん》でふっくらと綻び、とめどなく曉景の精を垂れ流す蕾を見せ付けてやれば、村人たちはこの世の終わりが訪れたかのように咽び泣く。

「なんて惨い真似を…！　清音様は、我が村の守り神…神を穢《けが》せば、いずれ天罰が下りましょうぞ…！」

「助けられた恩を仇で返すとは……呪《のろ》われるがいい！」

次々と紡がれる怨嗟《えんさ》は、所詮は負け犬の遠吠えだ。

家族だの守り神だの言っておきながら、村人たちが清音に欲望を抱かなかったはずが無いのだ。実際、曉景と連れ立って歩く清音を、若い男たちは物欲しげに見詰めていた。今は枯れた老人たちとて、若い時分は同じように清音を見ていただろう。

賊の類には格好の餌食とも言える無防備な村が今まで無事だったのは、清音がその力で悪しきものを遠ざけてきたからだ。

それがわかっているから、村人たちは今まで清音を欲しても手を出せなかったのだ。清音がただの人であったなら、今頃村中の男たちの慰み者にされていたはずである。

下賤《げせん》な男たちに蹂躙《じゅうりん》される清音を想像しただけで反吐《へど》が出そうになる。暁景はざっと身繕いを済ませ、清音を抱えて立ち上がった。

「…やはり、鬼か…」

思わずといったふうに兵の一人が呟き、隣の兵に肘鉄を入れられて慌てて口を噤《つぐ》む。他の兵たちは表向き平静を保っているが、内心は同じだろう。天女もかくやと思わせる青年を犯す暁景は、神を斬獲《ざんかく》する鬼そのものに見えたはずだ。

怯《おび》え、慄いた視線を送られようと、暁景は全く動じない。母の腹の中に居た時から鬼めと謗られていたのだから。

「殿、こちらを」

佐伯がさっと近寄り、裸の清音に真新しい小袖を被せた。華やかな柄の女物だ。

書簡には村から一人同行させると書いただけなのに、相変わらず妙なところで鋭い男である。

尤も、いかな佐伯であろうと、暁景がこのような暴挙に出ることまでは予想しなかっただろうが。

「殿がわざわざお連れになるとすれば、さぞやお美しい御方だろうと思うておりましたが…いやはや、まさかこれほどとは…」

感嘆し、清音を覗き込もうとする佐伯を、暁景はきつい一瞥《いちべつ》で下がらせる。

衆目に晒して犯したのは、激情にかられたゆえだけではなく、清音が暁景のものであると蒙《もう》昧《まい》な村人どもに示すためだ。それが済んだ今、忠誠厚い第一の近臣であろうと、清音を間近で拝ませてやるつもりは無かった。

「と、殿？」

二人の遣《や》り取りを耳にした村長が目を瞠り、村人たちもさっきまでの怨嗟を引っ込めて暁景を仰ぐ。

「こちらは辰見守《たつみのかみ》、鬼束暁景様であられる」

暁景に代わって則重が重々しく告げた瞬間、村人たちは言葉も無くくずおれた。突如現れた物々しい兵たちに恭しく傅《かしず》かれ、自分たちを拘束した挙句、守り神を穢した男の正体をやっと理解したのだ。

この辰見国を支配する鬼束家の当主にとって、たかが農民たちの命など塵芥《じんかい》にも等しい。恐怖に震える村人たちに、暁景は告げる。

「安堵するがいい。お前たちを殺しはしない。それどころか、税の類は一切免除してやろう。…清音が俺の元に居る間はな」

「な…！　清音様を、質に取ると…⁉」

「勘違いするな。人質なのはお前たちの方だ」

奥御殿の更に奥に仕舞い、何十人の見張りを付けても、念じただけで本体に戻れる清音には何の意味も無い。だが、愛しい村人たちの命が懸かっているとなれば、清音は大人しく暁景の元に留まるだろう。

「佐伯、城に戻るのは俺たちだけだ。手勢はそのまま駐屯させ、村を監視させろ。食料や水は城から運ばせるのだ。くれぐれも村から取り上げないように」

悲嘆に暮れる村人たちには見向きもせずに命じれば、佐伯は心得顔で頷く。

「承知しました。食料を運ばせた際、一度兵を交代させてもよろしいですか？」

「…いいだろう。お前に任せる」

ここに居る兵たちは皆、清音の艶《あで》やかな裸体を見せ付けられ、生じた欲望を持て余している。必要に応じて農民から兵を集める他国と違い、鬼東の兵は戦だけを生業とする戦闘集団だ。そのため、厳しい軍律を叩《たた》き込まれている。

まさか見境無く村娘に手を出すことは無かろうが、悶々《もんもん》としたままでは任務の遂行にも支障が出るだろう。適当なところで城下に戻し、遊女でも抱かせて発散させてやらなければなるまい。

「それで、城は今どうなっている？」

半刻ほど後、暁景は馬を並べて走らせる佐伯に問うた。暁景の腕には勿論清音が抱かれており、暁景は片手だけでも危なげ無く手綱を操っている。

佐伯を先達に、二騎が行くのは平村の男たちが使った山道ではなく、少し遠回りにはなるが起伏の少ない間道だ。

佐伯家は武勇の誉れ高い一族なのだが、その嫡男である則重は幼い頃から測量に異様な興味を示し、辰見国中を歩き回ってどんな小さな道でも頭に網羅しているという変わり者だ。暁景からの書簡を受け取り、事態を把握した佐伯がたった一日で手勢と共に到着出来たのはそのおかげである。

「義弟君《おとうとぎみ》…頼直《よりなお》様がご自分の居館からお出ましになり、殿の代理として万事取り仕切っていらっしゃいます」

「ふん…早くも当主気取りか」

「なにぶん、殿を殺《あや》めて川に捨てたという下手人が名乗り出て、頼直様が自ら首を斬られましたので」

赤の他人に罪を被せ、自分は知らぬ顔を決め込む。いかにもあの卑劣な義弟のやりそうなことだ。

暁景は苦々しい気持ちで己の失態を思い出す。

数日前、暁景は単騎で遠乗りに出た。その帰り、城の背後を流れる川に差しかかったところで、木陰に潜んでいた刺客に射られたのだ。

確実に止めを刺そうとしたのか、近付いてきた刺客を斬ってやったところで力尽き、川に落ちた。だがあの顔はしっかり脳裏に焼き付いている。

「用心のため、書簡には書かなかったが…俺を射たのは伊東《いとう》だ」

「…伊東は先日、大怪我を負って城に担ぎ込まれたばかりです。なんとか一命は取り留めましたが…あれは殿が？」

「ああ、俺が斬った。俺の亡骸《なきがら》が見付からない上、伊東も口が利けないのでは、俺が死んだと証言する者が居ない。それ故、頼直は慌てて下手人とやらを見繕ったのだろうよ。あれは人の弱味を探って付け入ることだけは上手《うま》いからな。調べれば、伊東にもその下手人にも何か後ろ暗いことが見付かるだろう」

伊東に暁景を殺させ、乱心したとでも言って片付けるのがおそらくは本来の筋書きのはずだ。近習の伊東なら、暁景が時折一人で馬を駆ることも、その日程や道筋なども把握している。

「殿の生還こそが頼直様の最大の誤算というわけですな。それにしても、よくぞ生き延びて下さいました。ご無事を信じてはおりましたが、この則重、便りを頂くまでは気が気ではありませんでした」

「…俺も、一時は死を覚悟した。だが…清音が助けてくれたのだ」

目覚める気配の無い清音が万が一にも落ちないよう、そっと抱え直してやる。

ふと強い視線を感じて横を向けば、手綱を器用に捌《さば》いたまま、佐伯が信じられないとばかりにこちらを見詰めていた。

「なんだ、その目は」

「いえ…殿があまりに優しげな顔をなさるので、驚きまして。その御方…清音様は一体何者なのですか？　村人どもは、守り神などと呼んでおりましたが…」

「…清音は、村を守る桜の木の精霊だ。その力で俺の毒を消し、助けてくれた。信じられないか？」

佐伯は目を瞠りながらも首を振った。

「殿が命じられた通り、騒げば清音様の命の保障はしないと言ったら、村人どもは何の抵抗もせずに縄を打たれました。清音様が人ではなく、守り神にも等しい精霊なのだとすれば、あの熱狂ぶりも納得出来ます」

「だから見せ付けてやったのだ。清音は神などではなく、俺のものになったのだとな。俺は清音を側室にする。…何か異存はあるか？」

「無論、私に異存はございません。ですが…あのような仕打ちを受けて、清音様は大人しく殿に従われましょうか。人質が居ると言っても、清音様は精霊。いざとなれば人など見捨て、殿に害を及ぼされるのでは…」

「その心配は無い」

清音は決して村人たちを見捨てない。

見知らぬ暁景を助け、三日三晩付き切りで看護したくらいなのだ。長い時を共に過ごした家族、我が子にも等しい村人のためなら、どんな仕打ちだろうと受け容れる。ついさっき、痛みに絶叫しながらも、暁景の一物に貫かれたように…。

見たいのは慈愛の籠もった微笑みだ。欲しいのは優しい温もりだ。なのに、快感など微塵も得ていなかっただろう苦痛に歪む顔を思い出すと、それだけで血が滾る。

いつも穏やかな微笑みを絶やさない清音に、あんな顔をさせたのはきっと暁景だけだ。一刻も早く、あの艶やかな白い肢体を再び味わいたい。今度はじっくりと、清音も快楽を貪れるよう蕩《とろ》かして、二人で溶け合うのだ。

暁景以外誰も居ない場所で、暁景の精を孕み続ければ、清音もいつかは暁景を受け容れる。村人どものことなど、二度と考えさせはしない。

だが、その前になすべきことがある。

遠くに姿を現した懐かしい城を睨み、暁景は馬の速度を上げた。

遠くから悲鳴が聞こえて、清音《きよね》は目を覚ました。

寝かされていたのは村長の家の何倍も広い座敷で、清音を包むのは綿がたっぷり詰められた真新しい絹の布団だ。

障子と布団の間に置かれた衝立《ついたて》には美しい鳥が描かれ、床の間には花が活《い》けられている。貧しい村ではありえない贅沢《ぜいたく》な空間だ。

…そうだ、私は暁景《としかげ》に…でもどうして、こんな所に…？

意識を失う前の出来事と同時に身を引き裂かれる激痛を思い出し、全身に寒気が走る。だが、黙って震えてはいられない。絶え間無く聞こえる悲痛な声を、清音が無視出来るはずがないのだから。

障子を開けて外に出ると、高欄の巡らされた広い縁側廊下が中庭をぐるりと囲んで続いていた。

庭は高い木々に囲まれ、その更に外側を櫓《やぐら》を備えた城壁が囲んでいる。話に聞いたことしか無い城のようだが、一体ここはどこなのだろう。暁景はどこに行ってしまったのだろうか。

「うわあああああああっ！　お、お許し下さい…！」

悲鳴の源は、探すまでもなかった。ばしん、と乱暴に障子を開く音がして、廊下の先の広間からひょろりとした若い男が飛び出してきたのだ。悲鳴を上げていたのは間違い無くあの男である。

男を追って現れたのは、抜き身の刀を手にした暁景だった。緊迫した空気のせいか、まだ二人とも清音には気付いていない。

腰が抜けてもう動くことも出来ないらしい男に、暁景は無言で刀を振り上げる。

「いけません…！」

清音は叫び、無我夢中で暁景の腕にしがみついた。動きを止めた暁景が、ぎょっとした顔で清音を見下ろす。

「清音…？　何故ここに…いや、話は後だ。手を放せ」

暁景の苛烈《かれつ》な眼差《まなざ》しに射られ、男はぎゃっと喚《わめ》いて尻ごと飛び上がり、その勢いで転がりながらも必死に言葉を紡ぐ。

「お、お、お許しを…兄上、もう、もう二度といたしませぬ。絶対に逆らわぬと、誓いますから…！」

まるで似ていないが、この妙に頼り無い男は暁景の弟らしい。事情はよくわからないけれど、ならば尚更《なおさら》斬らせるわけにはいかない。

腕にぐっと力を籠《こ》め、いっそう強く暁景にしがみつく。暁景の腕力なら清音をぶら提げたままでもやすやすと目的を達成出来るだろうに、暁景はどこか戸惑ったように目を彷徨《さまよ》わせている。

「清音の方様、どうぞ手をお放し下さい。それでは殿は何もお出来になりません」

広間から出て来た男が清音の足元に膝を突いた。暁景を迎えに来た佐伯《さえき》だ。広間には佐伯の他にも何人か直垂《ひたたれ》姿の武士が控えていて、驚愕《きょうがく》の表情でこちらを凝視している。

清音は突き刺さる数多《あまた》の視線にも怯《ひる》まず、佐伯に問いかけた。

「貴方《あなた》は暁景の兄…ならば、その方も貴方の弟なのでしょう？　弟が弟を殺《あや》めようとしているのに、何故止めないのですか？」

「殿は私の弟などではありません。辰見守《たつみのかみ》にしてこの竜岡《たつおか》城の主《あるじ》、鬼束《おにづか》暁景様でいらっしゃいます」

「…城主？」

では、慈悲深く公明正大で、民たちから慕われる鬼束家の新たな当主が、この暁景だというのか？

思い描いていた人物像とはかけ離れている。だが、今までの出来事にやっと得心がいった。暁景が城主その人なら書簡一つで兵を動かせるだろうし、佐伯の態度が恭しいのも当然だ。

「この男は…頼直《よりなお》様は、殿の御命を奪おうと画策した張本人。殿の手にかけられるのはむしろ慈悲でもあります。さあ、どうぞお手を」

「い…、いけません…」

清音は抜き身の刀身がかすりそうになるのも構わず、暁景の腕を己の胸に押し付けるようにして首を振った。刃に触れた髪が切れ、花びらのように宙を舞う。

「兄が弟を殺すなんて…絶対にいけません！」

平村《たいらむら》の村人たちは皆子沢山だから、殆《ほとん》どの子どもに兄弟が居る。共に遊び、転げ回って育った兄弟は、時折喧嘩《けんか》はしても、終生仲良く助け合って過ごすのだ。

村の子らと城主兄弟では全く違うが、どんな事情があれ、清音の目の前で兄に弟を殺させたくはない。暁景とて、心の中には弟を愛《いと》しく思う気持ちがまだ残っているはずだ。

「と、殿、わたしからもお願いいたします。頼直様は父上を亡くされ、心細く思われたあまり、気を乱しておしまいになったのです。咎《とが》は守り役であるこの熊谷《くまがい》が負いますゆえ、どうかお許しを…！」

緊迫した空気の中、老いた武士が飛び出し、頼直を背に庇《かば》って額《ぬか》ずく。

今にも皺腹《しわばら》をかき切ろうとせんばかりの老武士にも、暁景は一顧だにしなかった。刀を振り上げたまま、清音だけを見据《みす》えている。

「お願いです、暁景…どうか…」

潤む瞳で懇願すれば、暁景は何かを堪《こら》えるように歯を食い縛り、ゆるゆると腕を下ろした。刀を鞘《さや》に収めて清音を抱き寄せながら、固唾《かたず》を飲んで待つ老武士に告げる。

「熊谷」

「は…、はっ！」

「頼直には長洸寺《ちようこうじ》での謹慎を申し付ける。お前と貝田《かいた》が監視役に付け」

「かっ…かしこまりましてございます…！」

老武士が歓喜して頭を下げるのと同時に、頼直は白目を剝《む》いて倒れた。成り行きを注視していた広間からはどよめきが上がる。

「なんと、殿がお許しになるとは……！」

「あの御方は一体何者だ……？」

座したまま身を乗り出し、家臣たちはなんとか清音を拝もうとする。暁景は舌を打ち、清音を抱え上げた。

「評定はこれで終《しま》いだ。皆、戻れ！」

供も連れずに暁景はずんずんと進み、清音が目覚めた部屋も通り過ぎた。

幾つかの渡殿を渡ると、今までとは違いどこか華やかな印象のある御殿に辿《たど》り着く。

「こ、これは殿…」

忙しそうに働き回っていた小袖姿の侍女たちがその場で一斉に額ずき、中でも一番年嵩《としかさ》の者だけが身を起こす。

「申し訳ございません。急いではいるのですが、まだお迎えの準備が整わず…」

「褥《しとね》さえあれば、それで構わん。…下がれ」

侍女たちは頬を赤く染め、さっと奥に引っ込んで行った。

二人だけになって入った部屋は、寝かされていた部屋よりも更に広く、櫛箱《くしばこ》や鏡台といった高貴な女性のための調度が揃《そろ》えられている。極めつけは衣桁《いこう》にかけられた豪奢《ごうしゃ》な花模様の打掛で、世俗に疎い清音ですらとても高価なものだということがわかる。

「全て、お前のものだ」

暁景は枕が二つ並べられた褥の上に清音を横たえた。覆い被《かぶ》さり、呆然《ぼうぜん》とする清音の首筋を愛しげに吸い上げる。

「あ…!」

「まったく、お前は目が離せない。まだ当分は起きられぬと思ったゆえ、監視も付けずに寝かせておいたものを、まさかあんな時に飛び込んでくるとは」

「あっ、やあっ…」

清音の本質は精霊だから、暁景に犯された際の衝撃はもう身体《からだ》に残ってはいない。だがこうして触れられれば、記憶に刻まれた痛みが蘇《よみがえ》り、いやいやとひとりでに首を振ってしまう。

「俺はさっき、お前の願いを聞いてやっただろう。今度はお前が俺に差し出す番だ」

「で、でもあれは、貴方が弟をまだ愛しく思っていたからでは…」

「愛しい？　俺が、あれを？」

暁景はクッと喉を鳴らし、肩を震わせながら清音を抱き込んだ。

「お前はどこまでも目出度《めでた》く出来ているのだな。俺は頼直を愛しく思ったことなど一度も無い。頼直とてそれは同じだろう。まあ、兄弟の不仲なぞ、武家では珍しくもないが」

確かにそうかもしれないが、暗殺を企《たくら》むほどの不仲はそうそう無いのではないか。

清音の疑問を察したか、暁景は身を起こし、枕を脇息《きょうそく》代わりにもたれかかって話す体勢になる。

「いずれ耳に入ることだから、今のうちに話しておくか。俺は鬼束家の当主だが、鬼束の血は一滴も引いていない。無論、頼直とも血の繋《つな》がりは無い。赤の他人だ」

暁景は表向き、亡き先代の鬼束頼久《よりひさ》と、その正室輝姫《てるひめ》との間に生まれた嫡子ということになっている。だが、輝姫は隣国の桜見国《おうみこく》から輿入《こしい》れしてきた時には既に暁景を身籠っていた。しかもそれは、姫の実兄との間に出来た子だったのだという。

桜見を治める神門《みかど》家の兄妹がただならぬ仲であったことは、公然の秘密だった。暁景の実父は美しい妹への寵愛《ちょうあい》を隠そうともしなかったからだ。だが、彼はある日突然の死を遂げ、後には身重の妹だけが残された。頼久は兄の子を孕《はら》み、嫁には出せなくなった傷物の姫を体よく押し付けられたのだ。

鬼束家にとって神門家は主筋。かつて多大な庇護《ひご》を受けていた恩をちらつかされれば頼久は輝姫を返すわけにもいかず、正室として迎え、生まれた子も嫡子として扱わざるをえなかった。さぞ屈辱的だっただろう。

輝姫は正室でありながら家中の者殆どから蔑視された。親兄弟で睦《むつ》み合うのは人の道に外れた許されざる罪、鬼畜生のすることと大和《やまと》では忌《い》まれている。兄妹の間に生まれた禁忌の子である暁景も、鬼と謗《そし》られ、嫡子とは名ばかりの待遇を受けた。その最たるものが赤子の暁景につけられた幼名だ。

日継丸《ひつぎまる》——一見、嫡子に相応《ふさわ》しい字面だが、音にしてみると頼久の悪意が透けてくる。日継の音は、棺《ひつぎ》に通じるのだ。

暁景の幼名が公表されると、臣下たちは頼久が生《な》さぬ仲の忌まわしい子に一刻も早く棺に入って欲しいと…即ち死を望んでいるのだと確信したという。そして頼久は元服の際にも鬼束家の通字である頼の字を与えず、暁景が鬼束家の一員ではないと無言で主張し続けたのだ。

頼久の暁景に対する嫌悪は、寵愛する側室に頼直が生まれてからは明確な殺意に変化した。暁景さえ居なければ可愛《かわい》い我が子に家督を譲れるのだ。頼久は暁景に何度も刺客を放ち、食事に毒を盛らせた。

輝姫は身体を張って我が子を守ったが、暁景が五歳の頃、暁景の食事を毒見している最中に倒れ、そのまま死んだ。暁景の身代わりになったのは明らかだったが、公には病死として片付けられた。

暁景の味方はとうとう居なくなり、それからも頼久は容赦無く暗殺を仕掛け続けた。

だが、抜きん出た身体能力と知能、そして強運の主であった暁景は、義父の惨《むご》い仕打ちさえ成長の糧にした。暗殺を警戒しながらの生活は武芸の腕を磨かせ、毒殺の可能性は用心深い性格と毒への耐性を備えさせたのである。

暁景が知謀と武勇を備えた若武者に成長する一方、義弟の頼直は両親にどっぷりと甘やかされ、武よりも書を好む大人しい性質の主であった。

太平の世ならともかく、今は乱世だ。兄妹の間に生まれた鬼であっても、血筋に非《あら》ずとも、次代を率いるのは暁景の方が相応しいのではないか。

そう考え、近付いてきた家臣から、暁景は身分や慣習に囚《とら》われず優秀な者を選んで近臣とした。佐伯もその一人だ。

着実に味方を増やしていく暁景に頼久は恐怖したが、一年前、とうとう暁景を殺せないまま病死してしまう。

嫡子の暁景が後を継げば、焦ったのは頼直だ。暁景が父から不遇を受け続けた原因の半分は頼直にある。しかも、頼直は父や母が暁景に辛《つら》く当たるのをいいことに、今までさんざん嫌がらせをし続けてきた。

恨みに思った暁景が、頼直に報復するのではないか。今は何もせずとも、いつか寝首を掻《か》かれるかもしれない。

疑心暗鬼を生じた頼直が暁景を殺そうと思い立つのは当然の流れではあった。暁景には亡き正室との間に嫡男が居るが、まだ幼い。暁景さえ消えれば家督を継ぐのは頼直だ。

頼直は謀略を巡らせ、とうとう暁景の近習の弱味を摑《つか》み、それを利用して暁景の暗殺に乗り出した。

多少の手違いはあっても、計画は一応成功したかに思われた。真実は全て闇に葬り、次の当主として得意満面で差配を振るっていたところへ、暁景は帰還したのだ。

暁景は頼直を捕らえ、主だった近臣たちを揃えた上で罪状を詳《つまび》らかにし、見せしめも兼ねて自ら斬首するつもりだった。そこへ清音が現れた、というわけだ。

「…何故、斬るのを諦《あきら》めてくれたのですか？」

話を聞き終え、一番最初に浮かんだ疑問はそれだった。義弟への愛情が皆無なら、誰かに止められたくらいで暁景が思い止《とど》まるのはおかしいと思ったのだ。

「それは…お前が止めたから…」

「え？」

「だから、お前が！　お前が止めたから俺は…斬れば、お前が泣くだろうと思ったから…」

暁景は起き上がり、勢い良く言い放ったかと思えば、最後は弱々しく尻すぼみになってしまう。

清音は暁景が己の目的のためならいくらでも苛烈になれることを知っている。無抵抗の村人たちとて、清音が拒んだら何の躊躇《ちゅうちょ》も無く殺していただろう。

なのに、清音を泣かせないために…そんな些細《ささい》なことのために、己を殺そうとした義弟への報復を思い止まったというのか。

目を見開く清音に、暁景は再び熱っぽい顔で覆い被さった。膝で開かせた脚の間に入り込み、既に熱くなっている股間《こかん》を押し付けてくる。

「俺は兄妹の間に生まれた鬼だ。…汚らわしいだろう？」

「……？」

意味がわからず黙っていただけなのだが、曉景は肯定と受け取ったのか、自虐的な笑みを浮かべる。

「清らかな精霊のお前には、耐え難いかもしれんな。だが、お前はもう俺のものだ。放してやる気は、な…」

「あの…どこが、忌まわしくて汚らわしいのですか?」

ずっと感じていた疑問を口にすれば、曉景は首筋に埋めようとしていた顔をがばりと上げる。

「俺の話をきちんと聞いていたか? 俺は兄妹の間に生まれた子で…」

「ですから、それのどこが忌まわしいのですか?」

人が親子や兄妹で関係を持つことを禁忌としているのは、清音とて知っている。だが、清音は人の愛情から生まれた精霊だ。忌むべき愛情など存在しない。親子だろうと兄妹だろうと、たとえ人自身が禁忌としていようと、誰のどのような愛情だろうと皆等しく素晴らしい、尊いものだと思う。

「…本気で言っているのか?」

訝《いぶか》しげに問われ、清音は己が生まれた瞬間の記憶を手繰り寄せる。

「私は最初、旅の僧侶によって植えられた小さな苗木でしかありませんでした。霊力を宿すといっても、僅《わず》かなものです。とても村を守れるほどではない。けれどそんな私を、村人たちは我が子のように慈しみ、語りかけ、守ってくれました」

たとえ成長しても、清音の力では天の理《ことわり》までは曲げられない。人の姿が取れるようになるまでの二百年の間、村は何度か天災に見舞われ、人死にが出たこともあった。

だが村人たちは清音を一言たりとも責めなかった。日常を取り戻すために黙々と働き、清音が花を咲かせれば、苦しい中でも皆で集まって美しいと愛《め》でてくれた。清音のおかげで村が戦渦に巻き込まれず平らかに治まっていると言い、いつしか村は平村と呼ばれるようになった。

彼らの愛情に応えたい。そう思った瞬間、清音の自我は生じた。

齢《よわい》を重ねた霊木が精霊として目覚め、意志を持つことはままあるが、それは木に蓄積された自然の霊力がそうさせるのだ。

本来、精霊の生みの親は自然そのもの。だが清音は人の愛情によって生まれた、世にも稀《まれ》な精霊であった。あるいは清音を植えた僧の高慧《こうけい》が、人を見守る存在たれと祈った影響もあるかもしれない。

自我が芽生えれば、次はただ動かず見守っているだけの己が歯痒《はがゆ》くなった。

村人たちと並んで、共に働き、苦労を分かち合いたい。彼らは清音の家族、我が子なのだ。

そう願った瞬間、清音は人の姿を取れるようになった。

あの時の嬉《うれ》しさは今でも忘れられない。

「今の私という存在を生み育ててくれたのは、人の愛情なのです。それを否定するのは、私自身を否定するのも同じこと」

　ぽかんとする暁景はまるで寄る辺無い幼子のようで、清音はそっとその頬に手を伸ばした。

「私にはよくわからないのですが…私は、美しいですか？」

　村人たちは老いも若きも、男女に拘《かか》わらず、人の姿の清音をとても美しいと褒め称《たた》えてくれる。だが、精霊は外見の美醜には全くこだわらないし、暁景の美の基準は村人たちとは違っているかもしれない。

　暁景はゆっくりと、惚《ほう》けたように首を上下させる。

「ああ…美しい。お前よりも美しい者を、俺は見たことが無い」

「…人の姿を取る際、私はごくありふれた青年の姿になるようにと念じただけでした。それがこのような容姿になったのは、私に愛情を注いでくれた人たちが、愛を美しいものだと感じていたからなのでしょう」

　清音は己の微笑に暁景が陶然と見入っていることには気付かず、両手で暁景の頬を包み込んだ。

「貴方の母君は非難されると承知の上で貴方を産み育て、その身を挺《てい》して守って下さったのでしょう？　それは、母君が貴方と、貴方の父君を心より愛していたからです」

「清音…」

「貴方はご両親の愛情のもとに生まれてきた。どこが忌まわしいのですか？　どこが汚らわしいのですか？　貴方は他の人と何も変わりません」

「清音…、清音…！」

わなわなと震えていた暁景が、ぎゅっと目を瞑《つむ》り、逞《たくま》しい肉体を押し付けるように清音をかき抱いた。

胸が押し潰《つぶ》されて息が出来ない。苦しさのあまり開いた口から、熱くてぬるりとしたものが入り込んでくる。

「ん…、ん、ふぁ…っ」

とっさに逃げる清音の舌をやすやすと捕らえ、絡まるのは暁景の舌だ。

混ざり合った互いの唾液と共に、咆哮《ほうこう》するような暁景の熱情が奔流となって押し寄せ、燃え上がる。暁景の精を受け容《い》れさせられたあの時と同じ——いや、それ以上だ。

無残に散らされた初物の蕾《つぼみ》はすっかり治癒《ちゆ》しているのに、心が覚えている。抵抗を捩《ね》じ伏せ、入り込んできた一物の大きさを。今まで当然だと思っていたものを覆され、塗《ぬ》り替えられた灼熱《しゃくねつ》の瞬間を。

ぞわり、と背筋に震えが走った。暁景の股間は下帯と袴《はかま》に包まれていてもわかるほど盛り上がり、清音の腹を押してくる。

唇を貪《むさぼ》られるだけでこれなのに、またあの大きな一物を入れられたら、一体どうなってしまうのだろう。胎内で精を出されたら、今度こそ清音は孕まされるかもしれない。熱の塊のような、この男そのものを。

欲しい、苦しい、寂しい、切ない、憎い、愛しい。

清音の中で荒れ狂う感情は、どれも清音が初めて味わうものばかりだった。こんなに激しい感情を、今まで誰も清音にぶつけたりはしなかったのだ。

滅茶苦茶《めちゃくちゃ》にされる。打ちのめされ、焼き尽くされそうになる。けれどそれは、不思議なことに、決して不快な感覚ではない。

暁景は未知の感覚に翻弄《ほんろう》される清音をやっと解放し、ひた、と視線を合わせた。清音は息も絶え絶えだというのに、呼吸一つ乱れていない。荒れ狂う嵐の海のような瞳の中、戸惑い揺れる清音が今にも飲み込まれそうに溺《おぼ》れている。

「お前に、惚《ほ》れている…！」

「え…」

「初めて見た瞬間、欲しいと思った。お前はどこの誰とも知れぬ俺にも菩薩《ぼさつ》のように優しかったから、お前も俺を憎からず思っているのではと浅はかな期待まで抱いた」

「……」

「だが、違った。お前は誰にでも平等に優しかった。誰彼構わず魅了して、そのくせ己に焦がれる視線には気付かない、残酷な魔性だった。だが俺はお前が欲しくて、俺だけのものにしたくて、あのような真似《まね》までした。心など、手に入らなくても仕方が無いと思っていた。なのに

「あ……っ！」

武骨な手が緩んでいた胸元をがばりと開き、現れた朱鷺色《ときいろ》の粒をまさぐる。噛《か》み千切られそうな強さで食《は》まれると、それだけで強い疼《うず》きが全身に広がった。

触れ合った肌から流れ込む狂おしいまでの熱情が、清音を内側から蝕《むしば》み焼いていく。曉景だけしか感じられなくなる。

「俺は、欲しい！　お前のその優しさが…心が、欲しい！　俺だけのものにしたい……！」

「あ、あ、と、曉景…っ」

「憎しみでもいい。俺にくれ。お前の心を、俺にくれ……！」

曉景は吼《ほ》え、清音の帯を乱暴に取り去った。

着せられていたのは女物の小袖で、下帯はつけていない。露《あらわ》になった清音の裸身が、食い入るような視線に晒《さら》される。

「曉景…」

応えの代わりに、曉景は震える性器にむしゃぶりついた。

「あっ…あああ、は、はあっ、あ…ん！」

初めてまぐわった際の乱暴さを悔いているのか、曉景は最初、壊れ物を扱うかのように清音に触れた。だがそれは最初のうちだけで、すぐに元の荒々しさを取り戻す。

「あ！　あん…あ、は、や、ああっ…」

曉景に比べれば随分とささやかな清音の性器は、股間に顔を埋《うず》めた曉景の口内にすっぽりと収められ、肉厚な舌に弄《もてあそ》ばれていた。強い快感がひっきりなしに押し寄せ、喉から甘い嬌声《きょうせい》が迸《ほとばし》る度、曉景の舌使いはますます激しくなっていく。

「清音…」

性器を含んだまま呼ばれると更に刺激が加わって、今にも曉景の口内に蜜を噴き出しそうになってしまう。

人の姿を取ってから今までの間、清音の性器は何の用途にも用いられず、ただ存在しているに過ぎなかった。ここから蜜を出したのは、曉景に犯された時が初めてだったのだ。

あの強すぎる快楽をまた味わってしまったらどうにかなってしまいそうで、清音はいやいやと首を振り、曉景の頭を引き剝《は》がそうと試みた。だが、先端を舌先で抉《えぐ》られ、堪えかねた性器はあっけなく蜜を噴き出す。

「あ…、ああっ……！」

強烈な快感が全身を駆け巡る。びくんびくんと打ち震える清音の脚をがっしり捕らえ、曉景は蜜を飲み下した。茎を舌で扱《しご》かれ、最後の一滴まで残らず搾《しぼ》り取られて、それで許してもらえるかと思いきや、今度は喉奥まで咥《くわ》え込まれる。

「は…、はぁ、はあ、あ…っ」

全身から力が抜けて、最早《もはや》あえかに喘《あえ》ぎながら股間を差し出すことしか出来ない。

白い絹の敷布の上で、乱れた髪がばさばさと揺れた。右側だけが不自然に短いのは、頼直を庇った際に刀で切られてしまったせいだ。

これだけで済んだのは幸いだった。もし駆けつけるのが少しでも遅ければ、暁景は義弟をその手にかけていただろう。

暁景は清音が泣くと思ったから憎んでも憎み足りない義弟を許した。義父から命を狙《ねら》われ続ける凄惨《せいさん》な生活の中でも、温かい情を完全に失いはしなかったのだ。そんな強い心を持つ男に、義弟を殺させたくない。

暁景が出逢《であ》って間も無い清音をこれほど求めるのは、両親や兄弟から全く愛情を与えられなかったせいもあるのだろう。憎しみでもいいから寄越せと言う暁景が、清音は悲しく憐《あわ》れに思えた。もしも両親が愛情を惜しまなければ、この男は若木のようにまっすぐ育ち誰からも敬愛される英邁《えいまい》な国主となっていただろうに。

「もっとだ…もっと寄越せ」

さんざんしゃぶられ、陰嚢《いんのう》までしつこく揉《も》みたてられれば、もう出ないと思っていた性器も少しずつ硬くなっていく。舌先でそれを感じ取った暁景は、茎を口内で激しく扱きながら、柔らかな袋を揉みしだいて放出を要求する。

「お前の蜜は一滴残らず俺のものだ…！」

「い…、ぁ…っ」

吐息のような悲鳴と同時に清音は果てたが、吐き出した蜜はさっきとは比べ物にならないほど少なかった。

暁景は柔らかくなった茎ごと僅かな蜜を口内全体でじっくりと味わい、柔らかく歯を立てまでして、名残惜しそうに嚥下《えんか》する。濡《ぬ》れた嚙み音は、野生の獣が血を滴らせた獲物の肉を咀《そ》嚼《しゃく》するのにも似て、酷《ひど》く生々しい。

「も…、もう駄目です、もう、出せません…」

弱々しく訴えても、暁景は獣よろしく性器を咥えたまま放そうとしない。しゃぶられ尽くしたそこからは、どれだけ吸ったところで蜜などもう一滴も出ないというのに。

もしやこのまま食われてしまうのではないか。潤んだ瞳から零《こぼ》れる涙を憐れに思ったのか、暁景は萎《な》えた性器を解放し、やおら立ち上がった。

唾液と清音の蜜に濡れた唇が、残酷な笑みを刻む。恐怖という感情を知らない清音ですら、一瞬ぞくりとするほどの。

暁景は乱れていた着物を脱ぎ、一糸纏《まと》わぬ姿になると、敷布に四肢を投げ出している清音の傍らに移動した。

不遜《ふそん》に命じられ、よろめきながらも上体を起こせば、暁景の一物がすぐ傍《そば》で雄々しく天を衝《つ》いている。村の男たちは人目など気にせず裸になって川で汚れを落としていたが、これほど逞しく、ふてぶてしい一物は初めてだ。

これが清音の中に入り、何も宿したことのない胎内をいっぱいに満たしたのだ。

身の内から焼き焦がされるほどの熱が蘇り、無意識に距離を取ろうとすると、焦《じ》れたように重ねて命じられる。

「しゃぶれ」

「え…」

「村人どもがどうなってもいいのか？」

「…わ、わかりました」

戸惑いながらそっと触れれば、清音の手には余るほどのそれは筋を何本も浮かび上がらせ、生き物のように跳ねる。こんなに大きなものは、到底清音の口には収まりきらない。

まごついている間にも、頭上から怒りの気配が伝わってくる。これ以上怒らせたら村人たちに危害が及ぶかもしれない。

「あ、あの…どうすればいいのでしょうか？」

「なに…？」

「今まで、このようなことは経験が無くて…暁景の真似をしようにも、大きすぎて…」

おずおずと申し出た瞬間、怒りの気配は霧散した。大きな手が、清音の頭を優しく撫《な》でる。

「…まずは、先端を咥えろ」

上擦《うわず》った声で命じられ、小さく口を開くと、硬い切っ先がズッと潜り込んできた。先端だけでも大きすぎるそれを零してしまわないよう、熱い刀身に手を添え、懸命に頬張る。

そっと見上げれば、苦しげに眉を顰《ひそ》めて頬を一物で膨《ふく》らませた清音の顔など見苦しくしかないだろうに、暁景は恍惚《こうこつ》の表情を浮かべて見詰めている。

「歯を立てないように、舌を這《は》わせて…っ、そうだ、そのまま…」

命じられるまま先端をしゃぶり、側面から刀身を舐《な》め上げた。拙《つたな》く舌を蠢《うごめ》かせる度、ぴちゃぴちゃとくぐもった水音が響く。

何本も筋の浮かんだ赤黒くおどろおどろしい一物は、己の大きさも顧みず、清音の小さな口内で早くも暴れ狂い始めた。まるで男の匂いをこびりつかせてやるとでも言わんばかりに。

いつしか清音は後頭部をがっちりと固定され、喉奥まで一物を受け容れていた。暁景が忙《せわ》しなく腰を振りたくるせいで、切っ先が喉奥にごんごんとぶつかる。それでも長大な一物の半分くらいしか口内には収まっていない。

「ふぅっ、ん、んん、んぅーっ」

「清音…、清音…」

「ふ、うう、う、ううっ」

激しい突き上げに、清音の身体はがくんがくんと激しく前後に揺さぶられた。先端が無理矢理抉《こ》じ開けた口内に、太い刀身が無遠慮に突き進む。

限界を超えて広げられた口の端から、先走りと唾液が混ざり合った液体が胸元までだらだらと零れた。

「清音っ……！」

一物がひときわ大きく膨らんだ瞬間、暁景は腰を引いた。咆哮と共に放出された熱い飛沫《ひまつ》がびしゃびしゃと雨のように降り注ぎ、清音の白い額や頬を汚していく。

支配者然とした笑みを浮かべ、暁景はなおも小刻みに震えて精を吐き出し続ける一物を清音の頬に擦《こす》りつけ、精を塗り広げた。

「…これが、人の熱さ…？」

呆然と呟《つぶや》いた拍子に、どろりとした液体が唇から口内に伝い落ちる。

ついさっきまで暁景の中にあった精は、今まで清音の生命を繋いできた清水よりも遥《はる》かに熱く、ねっとりと濃厚な生気に満ちている。まるで鬼束暁景という男を体現するかのように。

濡れた口元を反射的に舌先で拭《ぬぐ》うと、暁景がはっと息を飲んだ。興奮した面持ちで膝をつき、暁景の精でてらてらと光る唇を貪りながら清音を押し倒す。

「あっ…だ、駄目です、そこは…っ」

割り開いた脚の間に入り込まれ、清音は俄《にわ》かに慌てて曉景を押し戻そうとした。人ならざる身ゆえ、引き裂かれた傷は治癒しているが、身を二つに割られるかと錯覚するほどの激痛はまだ記憶に新しい。

子種を植え付けられるのにこれだけの苦痛を伴うとは、人はなんと逞しい生き物なのだろう。

「大丈夫だ…今度は酷くしない」

曉景は清音の脚を担ぎ上げ、尻のあわいに顔を埋めた。獣が番《つが》いの傷を癒《い》やしてやるかのように蕾を熱心に舐めていた舌が、胎内にまで入り込む。

「あっ…あっあっ、だ、だめ、いやぁ…っ」

あの一物に比べればささやかな大きさだが、一物と負けず劣らず熱い舌先に唾液を流し込まれながら舐められると、固く閉ざされていたそこがやわやわと綻《ほころ》んでいく。

ああ…駄目だ。こんなに解《ほぐ》されてしまったら、また入れられてしまう。あの、腹が突き破られてしまうのではないかと危惧《きぐ》するほどの一物を。

激痛を思い出せば身体は竦《すく》み上がるのに、下肢から突き上げてくる快感の奔流がすぐに怯えを攫《さら》っていってしまう。

「清音…」

敷布を掻き毟《むし》り、胸を突き出すようにして身を撓《たわ》ませ、必死に快楽を堪えていると、胎内から舌が引き抜かれた。

代わりにあてがわれたのは一度果てたばかりとは思えぬほど充溢《じゅういっ》した一物で、まだ解れきっていない蕾のささやかな抵抗などものともせず、熱い胎内へ押し入っていく。

「あっ…あ、あぁ、はぁ…ん！」

一思いに貫かれた最初と違い、ゆっくりと収められたせいか、覚悟していたほどの激痛は無かった。だがすさまじい圧迫感までは消せず、ふうはあと必死に息を吐いて堪える。

「…っ、清音…」

暁景は敷布から外させた手を己の手と重ね合わせ、ゆるゆると腰を使い始めた。腹の中を太く長い一物で突き上げられると、じわじわと快楽がこみ上げ、貫かれた衝撃で項垂《うなだ》れていた性器が硬さを取り戻していく。

「あ…ああ、あ…な、なに、なんで、これは…」

肉と肉が混ざり合い、ぶつかり合う度に身体の奥底から湧き出るすさまじい快楽。人の姿を取って百年以上が経《た》つのに、こんな感覚は終《つい》ぞ味わったことが無い。

「…お前は今、肉の愉悦を得ているのだ。清音」

雄々しく腰を突き上げながら、暁景は清音の耳元で熱く囁《ささや》いた。

「肉、の、愉悦…？」

「これから俺が、何度でも与えてやる。もう他のことは考えるな。俺のものだけを欲しがる、淫乱《いんらん》に成り下がればいい…！」

「ひ…っあ！　あ、あぁぁ、あーっ！」

未知の感覚に戦慄《わなな》く身体に、熱の奔流が叩《たた》き込まれた。


暁景が帰還した後、竜岡城は上を下への大騒ぎになっていた。

死んだと思われていた当主が生還しただけでなく、氏素性の知れない異質な容姿の佳人を伴い、奥御殿に住まわせたのだ。

城の中枢である本丸には、城主が臣下たちと日常の執務をこなす表御殿や天守などの重要な施設が集中している。

そのため本丸にある奥御殿に住めるのは当主の家族、即《すなわ》ち正室とその子だけとされていた。側室や愛妾《あいしょう》は離れた二の丸や西の丸の御殿に住まうのが普通なのだ。

暁景は十五歳で元服してすぐに正室を娶《めと》ったが、その正室も嫡男を産んですぐに亡くなっている。

奥御殿の新たな主人となった清音は身分も無い男ゆえ正室にはなれないが、それと同様に扱うという暁景の無言の宣言であった。

新たなる側室が近臣は勿論《もちろん》、侍女たちに至るまで噂《うわさ》に上るのは、その異質さだけが理由ではない。

頼直を自ら斬ろうとした暁景を、身を挺して止めたというのだ。しかも暁景は頼直を許し、寺での謹慎に留《とど》めた。

暁景がその出自ゆえに嫡男とされながら辛酸を舐め続けてきたことを、家中で知らぬ者は居ない。暁景暗殺の首謀者が頼直だと断定された時、誰もが頼直の命は終わったものと確信した。暁景が当主の座に就いた時、譜代の家臣の一部は暁景を認めず、反旗を翻《ひるがえ》した。暁景は己に逆らった者たちを一人たりとも許さず、一族郎党を根絶やしにしたのだ。

出自と残虐な振る舞いから血も涙も無い鬼と言われる暁景が、何かと反抗的だった血の繋がらない義弟を許すはずがない。事実、宿老であり頼直の守り役でもあった熊谷の命乞いにも、全く心動かされる様子は無かった。

それが側室に縋《すが》られただけであっさりと許したというのだから、暁景の執心のほどが知れる。譜代の家臣にどれほど勧められようと、暁景は今まで継室はおろか、側室の一人も置いてこなかった。

忌まれる血筋の主であっても、男らしく覇気に満ちた暁景は女たちの羨望《せんぼう》を集めずにはいられない。しかし、数多の女たちが身を投げ出しても、今まで手の付いた女は皆無だったのだ。容姿の異質さゆえに秘匿されたさる公家《くげ》の子息である。はたまた、外つ国《とつくに》より来訪したものの、家族や従者たちとはぐれてしまった異国人である。

世にも珍しい薄紅色の髪の側室の正体は様々に推測されたが、どれも最後は暁景に見初められ攫われてきたに違いないと結ばれるのであった。

当の清音はと言えば、己が城中の話題を攫っているとも知らず、奥御殿で初めての朝を迎えていた。

「佐伯義和《よしかず》が娘、かやと申します」

柔らかな布団の中で目覚めると、小袖姿の若い女が傍らに膝をついている。かやは清音の薄紅の髪にも、しどけない全裸にも涼しげな眉を少しも動かさない。

「殿より直々に清音の方様のお世話を仰《おお》せつかりました。不肖の身ではございますが、この身を尽くしてお仕え申し上げます」

「は…、はい」

かやの背後では数人の侍女たちが朝の支度を整えている。若く好奇心旺盛な侍女たちはちらちらと清音を窺《うかが》おうとするのだが、かやに鋭く一瞥《いちべつ》されると慌てて仕事に戻る。そしてまた清音を気にかけては睨《にら》まれての繰り返しだ。

ようやく仕事を終えた侍女たちが退室すると、かやは上体を起こした清音に小袖を着せ掛け、深々と頭を下げた。

「騒々しくて申し訳ございません。あの者たちには後できつく申し聞かせますので、お許し下さい」

「いいえ、それには及びません。どうかあの子たちを叱《しか》らないでやって下さい」

俗世に疎い清音でも、己のような者が城主の傍に上がるのがおかしいことくらいはわかる。彼女たちはきっと、暁景の身を案じ、清音を警戒しているのだろう。それで叱られてしまうのは可哀想《かわいそう》だ。

清音には、己の容姿が若い娘たちの目にどう映るか全くわかっていない。

清音の答えが予想外だったのか、微《かす》かに驚きを滲《にじ》ませるかやに、清音は尋ねた。

「もしや、かやは佐伯則重《のりしげ》のお身内ですか？」

「あ…、はい、則重は私の兄でございます。清音の方様には、ご不快やもしれませんが…」

「不快？　何故ですか？」

「…兄は、その…清音の方様が殿に無体をなされた折に、共におりましたので…」

言い澱《よど》み、かやは再び頭を下げた。

「私は兄から、清音の方様のご素性も含め、全てを聞かされました。その上で、事情を知る者がお傍に付いた方が良かろうと、殿よりお世話役を仰せつかったのです。申し訳ございません…！」

「かや、止《や》めて下さい。何故貴方が謝るのですか」

「兄は清音の方様が無体を強いられていながら、お助けしませんでした。身内である私も不快に思われて当然ですが、誠心誠意お仕えいたしますので、どうかお許しを…！」

畳に額を擦り付けんばかりに懇願され、清音は当惑しながらも手を伸ばす。

若い娘にしては逞しい背中がびくんと跳ねた。

「きっ…清音の方様…？」

「どうか顔を上げて下さい、かや」

おずおずと従ったかやに、清音は微笑《ほほえ》む。

「許すも許さないもありません。貴方は何も悪いことなどしていないではありませんか」

「で…、ですが、兄は」

「兄上も…誰も、私は恨んでなどいません」

かやは最初、信じられないとばかりに目を瞠《みは》っていたが、清音に他意が無いと悟ったのか、深く息を吐いた。

「では…殿のことも…？」

「そうですね…恨んではいません」

そもそも清音は自我を持ってこの方、他者を恨んだり憎んだりしたことが無いのだ。

元々負の感情を持ち合わせていないのかもしれないし、今まで誰一人として清音に悪感情を抱かせるような仕打ちをしてこなかった。

勿論、村人たちへの仕打ちは酷いと思うが、それは憎しみとは違う。力及ばなかった己への忸怩《じくじ》たる思いだ。

暁景にされたことを思い出せば、最初に蘇るのは初めて味わった苦痛と、そして身の内に押し寄せた激しすぎる感情だ。

清音に惚れている、その優しさが欲しいのだと叫ぶ一方で、清音の優しさは魔性だと、残酷だと詰《なじ》る。憎しみでもいいから心を寄越せと求める。

暁景は矛盾だらけだ。

けれどその矛盾が、誰もぶつけてこなかった強すぎる狂おしい感情が、気になってしようがない。暁景から目が離せなくなる。

初めて芽生えたこんな感情を何と呼ぶのか、清音は知らない。今まで清音に穏やかな愛情以外を求めた者など、一人も居なかったのだから。

「…殿が清音の方様をお求めになった理由が、少しだけわかるような気がします」

ぽつりと呟くかやからはさっきまでの力みが消えて、表情が少し幼く見える。

「殿はそのご出自ゆえに、ずっと修羅の道を歩んで来られました。先の殿が亡くなられてからは、誰にも付け入られる隙《すき》を与えぬよう、強く非情な当主であり続けています」

濁流に飲み込まれながらも刀を手放さなかった暁景を思い出す。

無事に成長し、佐伯を始めとする配下を得ても、暁景は常に刀を帯びていなければ安心出来ないのだ。そうさせるのはきっと、幼い頃に受けた惨い仕打ちなのだろう。

「殿は心身共にお強い御方です。けれどどんな強弓も、張り詰め続ければいつかは呆気《あっけ》なく壊れてしまいます。…清音の方様、どうかお願いします。殿を見捨てないで差し上げて下さい。無礼を申し上げているのは百も承知です。ですがどうか…」

この通りです、と手を胸の前で合わせるかやに、清音は微笑んだ。

「かやは、暁景が好きなのですね」

「は…え、ええ⁉」

「貴方を見ていればわかります。かやが暁景のために、心を砕いていることが」

幼い頃の暁景には誰も味方は居なかったかもしれないが、今はこうして暁景を心配する者が居る。それが清音には嬉しい。

かやは俯《うつむ》いて暫《しばら》く考え込んだ後、すっくと立ち上がった。

「…私は、大きゅうございましょう？」

かやの背は傍にある衣桁を頭半分以上超している。平均的な背丈の清音よりは確実に大きいだろう。

それに、座っているとわからなかったが、年頃の娘にしては丸みが少ない、がっしりとした体型をしている。女物の小袖より、男物の切袴《きりばかま》の方が遥かに似合いそうだ。

「物心ついて以来針より弓が好きな質《たち》で、叶《かな》うものなら武芸で身を立てたいと思っていたのです。ですが年頃になると、そんな私を心配した父が嫁の貰《もら》い手を探し始め…困り果てていた私に、殿が仰《おつしや》ったのです。侍女として奥御殿に上がれ、と」

奥御殿は基本的に、成人した男は曉景しか入れない。御殿の中を警護するのは武芸一般を身につけた侍女たちなのだ。かやにはうってつけである。

「おかげで私は縁談を逃れ、自由でいられます。…殿に助けて頂いたのは、私だけではありません。兄や他の者たちもです」

武勇の誉れ高い家に生まれながら、武芸には全く興味を示さず、測量にばかり熱心な佐伯を、父親は前々から歯痒く思っていた。一時は跡取りから外されかけたのだが、曉景が佐伯を近習として重用したことで危機を逃れたのだ。

「殿は武士の本分は武勇のみにあるのではないと仰り、埋もれていた人材を見極め、適した場所に配されました。…確かに、殿をお血筋ゆえに疎まれるご重臣方もまだまだ多くいらっしゃいます。ですが、殿のおかげで日の目を見た、殿に心から忠誠を捧げる者が多く居るのもまた事実なのです」

かやは隙の無い動作で再び膝をついた。

「…申し訳ありません。このようなこと、申し上げるつもりは無かったのに…」

「いいえ、どうか気にしないで下さい。私も曉景のことを知りたいですから」

無意識に口をついた言葉に驚く。今まで、特定の誰かを知りたいと思ったことなど一度も無かったのに。

清音はそっと下腹部に触れた。

今は平らなそこは、昨夜は暁景の精を限界以上に注がれ、うっすらと膨れてすらいた。どれほど注がれようと、男の身体では実を結ぶこと無く全て流れ出てしまう。けれどももしかしたら、暁景の精は清音の胎内から内側に入り込み、子を結する代わりに清音を変化させているのかもしれない。

背筋を走り抜けるのは変化への恐怖なのか、それとも――。

「…清音の方様?」

「あ…はい、何でしょうか」

はっと我に返って問い返すと、かやは頭を下げた。

「申し訳ありません、すっかり話し込んでしまいました。そろそろお召し替えにならなければ、風邪を引いてしまわれます」

精霊は病の類《たぐい》とは無縁なのだが、わかっていても清音は庇護欲をそそられてしまう存在らしい。

かやは甲斐甲斐《かいがい》しく動き、清音に藤色の小袖を着付けた。完全に女の装いだが、精霊の清音には男なのに女の格好を求められることへの葛藤《かっとう》は無い。

しかし、衣桁にかけられていた打掛を着せ掛けられそうになると、流石《さすが》の清音も躊躇《ためら》ってしまう。豪奢な織物は裾を引き摺《ず》ってしまいそうな長さで、いかにも重たそうだ。あんなものを着たらろくに動けなくなりそうである。

「申し訳ありませんが、殿のご命令ですので」

すまなそうな顔のかやに着せられた打掛はやはり重たく、ずしりと肩に圧《の》し掛かってくる。よろめく清音を哀れに思ったのか、かやは部屋の外に連れ出してくれた。

縁側廊下を進む間、清音の素性については決して喋《しゃべ》らないよう念を押される。清音を人に仇《あだ》なすあやかしと思い込み、害そうとする不届き者が出ないとも限らないからだ。清音も無用の混乱を招きたくないので迷わず承諾した。

「これは…見事な庭ですね…」

庭に面した縁側に案内されると、思わず感嘆の言葉が漏《も》れた。

表御殿の無駄を排した庭と違い、こちらの庭には桃や梅の木が何本も植えられ、今を盛りと咲き誇っている。樹齢三百年を超える清音の本体とは比べ物にならないものの、どれも素晴らしい枝ぶりだ。

「鬼束家には、姫が生まれると奥御殿に花の木を植える風習があるのです。何でも、主筋に当たる神門家の風習に倣《なら》ったとか」

かやの説明によれば、神門家では桜を植えるのだが、鬼束家では神門家に遠慮して桜だけは植えないのだという。

神門家は曉景の生母、輝姫の実家だ。追い出されるように鬼束家へ輿入れさせられたそうだが、神門家の庭にはまだ輝姫の桜が咲いているのだろうか。

縁側に腰掛けた清音の肩に、花々の枝先で囀《さえず》っていた鶯《うぐいす》や目白がふわりと舞い降りた。

小さき鳥たちは清音の最も古い友垣だ。嬉しくなって指先を差し伸べれば、小鳥たちはその指先に乗り移り、清音を慰めるように美しい囀りを披露する。

友との戯れに夢中になっている清音は、かやがほうっと感嘆の溜息《ためいき》をついたのにも気付かなかった。咲き乱れる花に囲まれ、人には決して懐かない野鳥と語らう己が現《うつ》し世のものとは思えぬほど美しいという自覚は、勿論無い。

そこへ小さな足音がして、ぽすんっと何かが飛びついてきた。驚いた小鳥たちはばさばさと空に飛び立って行ってしまう。

「母上っ！」

「えっ…？」

清音の膝にしがみつき、見上げてくるのは愛らしい顔立ちの男の子どもだった。まだ五つほどだろうか。初対面なのに、どこか懐かしさを感じさせる。

「鷺丸《さぎまる》様？　どうしてこちらへ…」

「かや、この子を知っているのですか？」

「鷺丸様、いけません！　お戻り下さい！」

かやが答えるより早く、庭の奥から現れた侍女が息を切らして叫んだ。どうやらこの子を追いかけて来たらしい。

「母上じゃ…ないのですか?」

血相を変えて呼ぶ侍女には一瞥もくれず、鷺丸は瞳を潤ませる。

幼子の泣き顔は清音の心を最も痛ませるものだ。反射的に小さな頭を撫でてやると、鷺丸は涙目でにこりと笑い、清音の膝に頬を擦りつける。

「…清音の方様、お寛《くつろ》ぎのところ申し訳ありません」

恐る恐る近付いてきた侍女が、清音の足元に跪《ひざまず》いた。きちんと揃えられた指先が小さく震えている。

「そちらの若君は殿のご嫡男、鷺丸様でいらっしゃいます」

「お、お許し下さい…!」

かやが言うと同時に、侍女はがばりと額ずいた。指先の震えは、今や全身に広まっている。

「ご覧の通り、鷺丸様はまだ幼く…清音の方様のことも、おわかりではないのです。決して、御前を騒がせようと思われたわけでは…」

「あの…!?」

この愛らしい無邪気な幼子が曉景の息子だというのは驚きだが、それでどうしてここまで怯えられるのかがわからない。異様な事態を感じ取ったのか、鷺丸も不安そうに清音を見詰めている。

困惑する清音に、かやがそっと耳打ちをした。

「鷺丸様は亡きご正室様がお産みになった唯一の後継ですが、殿は殆ど顧みてこられませんでしたので…」

つまり、寵愛深い新たな側室が、亡き正室の子を目障りに思って害するのではないかと危惧されているらしい。側室に虐《いじ》められた我が子を憐れむどころか放置すると思われている暁景は、どれほど冷淡な態度を取り続けてきたのだろう。

「ご正室様は鷺丸様を産んで間も無く亡くなられましたから、鷺丸様は母君の顔をご存知ないのです。亡くなられたこと自体、おわかりになっていないかもしれません」

打掛は高貴な女性だけに許される衣装だ。かつて母親が暮らしていた御殿で打掛を纏っていた清音を、幼い鷺丸が母親だと思い込んでも無理は無い。

清音は恐怖に震える侍女に、にこりと微笑みかけた。ただそれだけで侍女の震えはぴたりと治まり、かやだけでなく、当の侍女本人も驚愕している。

「安心して下さい。私はこの子を責めるつもりなどありません」

「清音の方様…」

侍女がほっと息を吐くのを確認し、清音は不安そうにしている鷺丸を膝の上に抱き上げた。なるほど、さっき懐かしく感じたわけだ。鷺丸は暁景の面影を濃く受け継いでいる。まだまだ愛らしさの方が勝っているが、成長すれば父親そっくりの若者になるだろう。

「鷺丸、私は清音と申します」

視線を合わせると、鷺丸は頬をぽっと赤く染め、もじもじと尻を動かしながら清音の胸に額をくっつけた。重ね着の上からでも膨らみの無い胸がわかったのか、不思議そうに顔を上げる。

「母上じゃ、ない…？」

「はい。ですが鷺丸と仲良くしたいと思っています。して下さいますか？」

「…うん！」

鷺丸は破顔し、清音の胸にしがみついた。女のような膨らみが無い胸でも気に入ったらしい。ぐりぐりと顔を押し付けてくる鷺丸は可愛らしく、そして痛ましい。

たった一人の我が子だろうに、暁景はろくに鷺丸を構って来なかったという。

若くして家督を継ぎ、多忙を極める身では仕方無い部分もあるだろう。けれど、母を亡くして父にも顧みられないのでは、守り役や侍女に傅《かしず》かれたところで鷺丸は独りだ。父の幼い頃そのままに。

「清音…どうしたの？」

首を傾《かし》げる鷺丸には、幸いにもまだ暗い陰は無い。叶うならこのまま、まっすぐに成長して欲しいと思う。

平村を見守るという使命を与えられている以上、いつかは暁景を説得して、村に帰らなければならない。それまでの僅かな間でも、この健気な幼子の孤独を癒してやりたい。

「何でもありませんよ。それより、せっかく逢えたのですから、何かして遊びましょう。…構いませんか？」

問いかけると、何故か陶然としていた侍女は、はっと我に返って何度も頷《うなず》いた。

「はっ、はい、是非に！」

「じゃあ、こっちに行こう！　とっておきの場所があるんだ！」

ぴょんと清音の膝から飛び降りた鷺丸が、笑顔で走り出した。


「桜見への援軍は出さない」

生還して二度目の評定の席で、居並ぶ重臣たちに暁景は宣言した。

隣国の桜見国を治める神門家は、鬼束家のかつての主君である。現将軍家とは縁戚関係にある名門だ。

現在の当主、神門義彰《よしあき》は暁景の生母輝姫の弟である。義彰の長兄を実父に持つ暁景にとっては二重の意味で叔父に当たる。

桜見国はここ数年来、西の春日部国《かすかべこく》と境界を巡って小競り合いが続いていたのだが、現在は休戦状態にある。しかし桜見国と春日部国は昔から犬猿の仲で、桜見国の重臣は春日部を徹底的に討つべしと気炎を上げる開戦派が圧倒的多数を占めていた。

義彰もついに重臣たちを抑えきれなくなり、春日部国との本格的な戦《いくさ》を決意したのだが、春日部国は強大な騎馬軍団を抱えている。まともにぶつかれば、勝利を収めたとしても多大な損失を被ってしまう。

そこで義彰は当然のように鬼束家に援軍を要請してきたのだった。

神門家がかつての主従関係を理由に援軍を求めてくるのはよくあることだった。鬼束家が着々と勢力を伸ばしてきてからは頻度は減ったが、暁景の曽祖父の時代には戦費の半分以上が神門家のために費やされていたという。

鬼束家の兵は常に最前線に駆り出された挙句、手柄を立てても恩賞の一つも与えられない。神門家にとっては便利な使い捨ての駒なのだ。

それでも代々の当主が黙々と援軍要請に従ってきたのは、かつて受けた恩義と、大国の庇護を得んがためだった。

だが、昔と今とでは状況が違う。辰見国《たつみのこく》は桜見国の庇護など無くともやっていけるだけの力をつけたし、何より暁景は神門家に微塵《みじん》も恩義など覚えていないのだ。

暁景の母、輝姫が不審の死を遂げた際、義彰は抗議の一つもしなければ、弔意を伝えることさえしなかった。そもそも、身重の姉姫を鬼束家に輿入れさせて厄介払いをしたのは義彰である。長兄と姉の禁断の関係を、義彰は心底忌んでいたのだ。長兄が急死したのも義彰の仕業ではないかと囁かれているほどだった。

当然、曉景は叔父に欠片《かけら》も好意を抱いていなかったし、それは義彰の側とて同じはずである。にもかかわらず、何事も無かったように助けを求めるとは笑止千万だ。

重臣たちも、曉景と神門家の因縁は承知している。未《いま》だに神門家に恩義を感じ、曉景の判断に反対する者も居たものの、ごく僅かだった。

神門家への援軍として出陣する兵たちは、最初から犬死にが約束されたようなものだ。みすみす身内を死地に追い立てたい者は居ない。

援軍が拒否されたと知れば神門家は烈火の如く怒り狂い、鬼束家に報復を考えるかもしれない。その可能性も、曉景は勿論考慮している。

「春日部国の椿本《つばきもと》家から、縁談の打診が届いている」

評定を終えた後、曉景は佐伯だけに密《ひそ》かに明かした。

椿本氏は春日部を支配する国主である。敵の敵は味方、と簡単にいかないのが戦乱の世ではあるが、神門家が目の上の瘤《こぶ》であるのは同じだ。いざという時には手を組めないかと前々から内密に打診していたところ、婚姻による同盟をあちらから申し出た。予想以上の好感触である。

本来なら正室不在の曉景が椿本家から姫を娶ればいいのだが、椿本家には現在、未婚の姫は当主の幼い娘一人しか居なかった。曉景の正室とするには幼すぎるため、相手は曉景ではなく鷺丸ということになる。

「良い縁談かと存じます。ここで春日部国と誼《よし》みを通じておけば、万が一桜見が攻めてきた場合、左右から挟撃が叶いましょう」

　戦乱の世では、幼子同士の婚姻など珍しくもない。佐伯はあっさりと同意し、ふと思案げな顔になって問いかけてくる。

「ところで、殿…差し出がましいとは存じますが、平村より戻られてから、鷺丸様にはお会いになりましたか？」

「いや…何故だ？」

「妹の話では、頼直様が城に居座られている間、鷺丸様は殿をとても心配なさっていたそうです。幼い身で不安な日々をお過ごしだったでしょうし、ここは殿から御言葉をかけて差し上げてはいかがでしょうか」

　佐伯は主親子に何の交流も無いことを常日頃から気に病み、折を見てはこうして鷺丸との対面を勧めてくる。

　暁景がそうだったように、幼くとも男子なら父に構われない程度何の差し障りも無いはずだ。いつものように申し出を一蹴《いっしゅう》しようとして、ふと清音を思い出す。

　清音は村の中でも特に幼子たちを可愛がっていた。暁景の我が子への仕打ちが耳に入ったら、きっと悲しい顔をするだろう。

　嫉妬《しっと》に燃え狂っている時は、憎しみでもいいから清音の心が欲しいと望む。だがこうして理性を保っている時には、清音を悲しませたくない、いつでもあの優しい微笑みを浮かべていて欲しいと願う。我ながら矛盾しているとは思うが、どちらも本心なのだ。

「…わかった。今から鷺丸に会おう」

逡巡《しゅんじゅん》の後に答えれば、佐伯はぱっと顔を輝かせた。

「では早速、奥へ使いを出しましょう」

城主ともなれば、親子であっても対面の前には先触れを出すのが普通だ。早速奥御殿の一室に住まう鷺丸の元に侍女が遣わされたが、侍女は青褪《あおざ》めた顔で戻ってきた。

「鷺丸と…清音が、居ない…？」

「はっ…、はい…」

暁景の剣幕に慄き、ひたすら身を小さくする侍女から佐伯が事情を聞き出した。

一刻《いっとき》ほど前から鷺丸と清音の姿が揃って見えず、御殿中で探し回っているものの、未だに見付かっていないのだという。奥御殿の侍女たちは暁景の勘気を恐れ、報告をしないまま捜索を続けていたのだ。

「奥の者の話では、清音の方様は鷺丸様と親しく語られてから、ご一緒にお庭に出られたそうです。かや様もおいでですし、城から出られてはいないでしょうから、危険は無いかと…っ、ひいいっ！」

立ち上がっただけで悲鳴を上げる侍女など、暁景は最早見向きもしなかった。心を占めるのは清音と鷺丸だけだ。

危険は無いだと？　何をほざいているのだ。

幼くとも、鷺丸は男だ。しかも曉景の血を色濃く引いている。清音を見て、その清げな声を聞いて、微笑まれたなら、心奪われないはずがないではないか。

清音も清音で、幼い鷺丸に優しくしてやったに決まっている。鷺丸の境遇を哀れんで、抱き締めてやったかもしれない。

母を知らない鷺丸に、清音は母とも、天女とも映っただろう。

清音が憂い顔で城を出たい、村に帰りたいと呟いたなら、叶えてやりたいと思わないはずがない。もしかしたら今頃、清音は鷺丸に手を引かれ、曉景から逃れようと走っているかもしれない――。

冷静に考えれば、まだ幼い鷺丸が厳重に警備された城内から清音を連れ出せるわけがない。清音とて、幼子に父親の惨い仕打ちなど話さないだろう。

だが、清音が曉景以外の男と共に居ると思うだけで、ありえない妄想が曉景の身を焦がす。取り返さなくてはならない、それだけしか考えられなくなる。

「殿！　お待ち下さい、殿…！」

足音荒く広間を飛び出した曉景を、佐伯が慌てて追いかける。

曉景が一言命じれば、城中の者が清音を探すだろう。だが、そうするつもりは皆無だった。

これ以上、清音を他の男の目に触れさせてたまるものか。何としてもこの自分が探し出してやるのだ。

奥御殿に攫い、この腕の中に閉じ込めて、それから……。

沸々と湧く熱を宥《なだ》めながら縁側廊下に出た暁景は、すぐ異常に気付いた。幾人もの家臣たちが呆《ほう》けたような顔で、或いは微笑ましげに奥の庭を眺めているのだ。その中にはさっき広間を辞したはずの重臣の姿も混じっている。

「清音ーっ！」

庭の松の高い枝に登った鷺丸が、ぶんぶんと手を振ってから弾みをつけて飛び降りる。下で待ち受けていた清音は、どうだと誇らしげに小さな胸を張る鷺丸の頭を撫で、しゃがんでごみを取ってやった。二人の背後には、かやと鷺丸の侍女が静かに控えている。

「鷺丸は幼いのにすごいですね。でも、一人の時には決してやってはいけませんよ」

「えー？　そんなのつまらないよ」

「鷺丸に何かあったら、暁景や皆が悲しむでしょう？」

「……清音も？」

「はい、勿論」

「なら、しない！　やくそくする！」

不満そうに唇を突き出していた鷺丸は、素直に笑って清音の胸に抱き付く。

仲睦《なかむつ》まじい親子そのものの遣《や》り取り。愛らしい幼子と、天女のように美しい青年。

気難しい重臣たちですら微笑みを誘われるのも無理は無い光景だ。生まれてすぐ母を亡くし、父にもろくに顧みられない鷺丸を不憫《ふびん》に思う者は多い。

暁景は我が目を疑った。あれは本当に我が子なのだろうか。

記憶にある鷺丸は、暁景の前では萎縮してろくに喋れないような大人しい子だ。歳《とし》相応の無邪気な笑顔など終ぞ見たことも無い。鷺丸に付けた守り役の家臣も、大人しすぎる若君を心配していた。

そんな鷺丸を、ほんの僅かな間で変えたのはきっと清音なのだ。

「暁景…」

ふと気付けば、暁景は清音の手首をきつく掴み上げていた。無意識の間に階《きざはし》を下り、庭まで来ていたらしい。

和やかだった空気が凍り付く。ついさっきまで鷺丸には笑顔を見せていたくせに、痛みに眉を顰める清音が憎らしくてたまらない。

「俺だけに笑いかけろと言わなかったか？　俺の側室が俺以外の男と共に居るとはどういう了見だ」

「で…ですが、鷺丸は暁景の」

「言い訳は聞かん。…村がどうなっても構わないのか？」

耳元で囁かれ、清音の顔からさっと血の気が引いた。わなわなと震えながら見上げてくる瞳

を、欲しいのはこんなものではないと理性は拒み、もっと寄越せと本能は叫ぶ。

「ち…、父上！」

鬼のような形相をしているだろう父親に、幼い息子が勇気を振り絞って呼びかける。

「清音は、何も悪くありません！　わたしがここまで連れてきたのです！」

「い、いいえ、元はと言えば私が鷺丸様から目を離してしまったのがいけないのです。お二人に咎はありません！」

「殿のお言い付けを守らず、清音の方様を奥御殿よりお出ししたのは私です。罰ならばどうかこの私に…！」

懸命に訴える幼子に奮い立たされたのか、鷺丸の侍女とかやも必死に訴える。

主の意志一つで首が飛んでも当然の時代だ。普通なら、身を挺して清音を庇おうとする侍女たちを、忠義者よと讃《たた》えるべきなのだろう。

だが、侍女たちの行動は暁景を更に燃え立たせるだけだった。

鷺丸の侍女も、かやも、清音とは今日が初対面のはずだ。にもかかわらず、まるで数十年来仕えてきた大切な主のように清音に尽くそうとする。

人の愛情から生まれた精霊は、出逢う者を片端から魅了しなければ気が済まないとでもいうのか。

「…来いっ！」

豪奢な打掛が脱げ落ちるのも構わず、暁景は清音を荷物のように肩に担ぎ上げた。ずかずかと階を上がれば、家臣たちは慄いて端に寄る。

「父上！　待って下さい、父上っ！」

誰もが声をかけられずにいる中、鷺丸は小さな身体で懸命に追い縋った。幼心にも、清音がこれから父に酷い目に遭わされると予感しているらしい。

「だ、駄目です、鷺丸、行きなさい。こちらに来てはいけない…！」

「でも…、でも、清音ぇっ…！」

背後から聞こえる清音と我が子の遣り取りが、いちいち怒りに油を注ぐ。これではまるで、暁景が二人を引き裂く極悪人のようではないか。

「…いや、その通りなのか」

暁景は自嘲《じちょう》し、奥御殿に足を踏み入れた。平伏しようとする侍女たちを視線で蹴散らし清音に与えた一室の襖《ふすま》を開け放つ。

「父上…、父上！」

立ち止まった暁景にようやく追いつき、鷺丸は暁景の足にしがみつく。清音が居なかったら、決して疎ましいわけではない息子を、狂暴な衝動のままに蹴り捨てていたかもしれない。

暁景の怒りを肌身で感じている清音が鋭く言い放つ。

「鷺丸、行きなさい」

「でもっ、清音がっ」

「…私なら、大丈夫。何も酷いことなどされません。さあ…お願いですから」

清音がふっと口調を和らげても、鷺丸の表情から不安は消えない。狂った獣と成り果てた父を目の当たりにすれば、清音の言葉など到底信じられないのだろう。懸命に己を奮い立たせ、暁景に噛み付いてくる。

「父上、清音を放して下さい。おねがいします、清音を」

「…黙れ、鷺丸」

暁景にしがみついていた手が、ぎくんと強張《こわば》った。

「誰が気安くこれを呼んでいいと言った。これは父のものだ。お前の母ではない」

恐ろしくて仕方が無いだろうに、なおも暁景から逃れようとしない鷺丸は、清音と出逢ったばかりの頃の暁景と同じだ。あの慈悲と優しさが己にだけ与えられた特別なものだと思い込み、それを奪おうとする者から清音を守ろうとしている。

腹立たしさと同時に、愉悦がこみ上げた。

ならばいっそ、見せてやろうか。

美しく優しく残酷な魔性が、暁景の手で堕《お》ちてゆく様を。天女のようだと見惚《みと》れ、母のように優しいと慕う存在が、父の一物を捩じ込まれ、父の下で喘ぎ狂う艶姿《あですがた》を。

「鷺丸様…！」

そこへ、かやと鷺丸の侍女が遅れ馳《ば》せに駆け付けた。かやは事態を把握するや、強い腕力で鷺丸を引き剥がし、抱え上げる。

「ご無礼を」

「はっ、はなせ、かや！　清音を、助けなければ…」

鷺丸が四肢をばたつかせたところで、女武芸者と名高いかやに敵《かな》うはずがない。

かやたちが泣き喚く鷺丸を連れて去ると、辺りは急に静かになった。若い侍女たちのお喋りも、誰かが立ち働く物音一つしない。暁景を恐れ、鳴りを潜めているのだ。

不気味なほどの静けさの中、暁景は部屋に敷かれた布団に清音を放り投げた。欲しくなればすぐ裸に剝いて抱けるよう、侍女たちには常に褥を準備させてある。

暁景は袴を脱ぎ落とし、四つん這いになって身を起こそうとしている清音に覆い被さった。ぎくりと硬直する胸元に背後から手を差し込み、小さな肉粒を弄びながら項《うなじ》を吸い上げ、小袖の裾を捲《まく》り上げる。

側室として扱われている清音は、勿論下帯などつけていない。すぐに露になった白い尻の狭《はざ》間《ま》に、暁景は下帯からいきり立つ一物を取り出し、数度扱いて押し当てる。

めり、と肉が軋《きし》む音がした。

「ひっ…あ、あああぁ――――！」

激痛に仰《の》け反る清音の悲鳴は、暁景の欲望を煽《あお》り立てこそすれ、哀れみなど微塵も生じさせない。なんとか異物を追い出そうと締め上げる胎内を強引に進んで捩じ伏せ、屈服させる。

「ああっ…あ、い、いやあっ、あ…ああああーっ！」

ずるずると進んでいた一物が、ずどんと一息に突入した瞬間、清音はついに己を支え切れなくなって突っ伏した。高く掲げられた尻を抱え上げ、鷲摑《わしづか》みにし、暁景は激しく腰を打ち付ける。

「あ…あっあっ、あ、は、はあああっ」

「…っ、く…清音、清音、清音っ…」

向かい合って抱き合うのと違い、この体勢だと暁景を受け容れる清音の尻をじっくりと堪能《たんのう》出来る。

限界まで広がった淡い朱鷺色の蕾に赤黒く巨大な一物が出入りする様は、壮絶なまでに艶《なま》めかしく、また同時に哀れでもあった。

旅の僧侶高慧は村人たちの善心に感じ入って清音の苗木を植えた。清音は人々の愛情から生まれ、人々の優しさに応えたい一心で人の姿を得た。

美しいものだけで構築された美しい生き物は今、血と欲に塗《まみ》れた男に容赦なく犯されているのだ。

「う…、ん、んぅ、あ、あぁ、あ…」

女のようには濡れない胎内は、何度も一物が出入りする間に注ぎ込まれた先走りのおかげで格段に滑らかさを増していた。ひっきりなしに上がる悲鳴に甘いものが混じりだした気がして、暁景は放置されていた清音の性器に手を伸ばす。

「あんっ…！」

まだ柔らかなそれを握り、胎内の一点を抉ったとたん、清音の唇から甘い声が零れた。

暁景は湧き上がる歓喜のまま、清音の茎を更に強く揉みたて、うりうりと胎内を太い切っ先で抉る。

「良いのか？　ここが良いのか？　…感じているのか？」

「やっ…あ、やめ、て、くださ…ああっ」

清音がいやいやと髪を振り乱すのに合わせて、暁景を食んだ尻もふるふると揺れる。

どれほど否定しようと、暁景に甘く絡みついてくる胎内が雄弁に物語っていた。清音が暁景を受け容れて悦楽を得ているということを。

「あ、あー！　ぁ、あぁ…」

天上の楽の音のような声が、淫靡《いんび》に濡れている。くらりと眩暈《めまい》に襲われながら、暁景は狂ったように清音の胎内を穿《うが》った。

…ただ人を愛し、見守るだけなら、こんなに感じやすい身体など必要無いはずだ。やはり、清音は村の守り神などではない。暁景の熱情と執着を受け容れるための存在だ。

「清音…！」

思いのたけを籠めて精を放っても、びゅくびゅくと吐き出すそばから一物は漲《みなぎ》り、清音が欲しいとしゃくり上げる。

内なる衝動に、勿論暁景は逆らいはしない。再び尻を抱え、抜き差しを開始しようとしたところで、清音がよろよろと顔を上げる。

「お…、お願いです…暁景、もう、これ以上は…」

「止めろと言うのか？」

嘲笑し、暁景はずるりと引いた腰を一息に清音に収めた。

「ああっ……！」

「お前の身体は、もっと欲しいと言っているぞ。…そら」

「い…、やぁ…！」

注ぎ込まれたばかりの精が一物に攪拌《かくはん》され、清音の胎内でぐずぐずと音をたてる。この上なくいやらしい音から、清音は耳を背けることすら許されない。

「だ、駄目、駄目です、暁景…許して」

身体はとっくに陥落しているくせに、この期に及んで懇願する清音が憎らしい。

そこまで拒むならいっそ、暁景を孕ませたまま一晩離さずにいてやろうか。

清音は人と異なり、胎内に大量の精を含んだままでも問題無い。この薄い腹を昨夜以上に膨らませて、胎内に入ったまま明かす夜は愉《たの》しかろう。

凶悪な衝動は、だが清音の言葉で歓喜に変化する。

「中で出されると…わ、わけが、わからなくなるんです。熱くて、暁景でいっぱいで…」

「…っ…」

「これ以上出されたら、また、暁景のことしか考えられなくな…っあ、ひあああ！」

陰嚢が入り込みそうになるほど強く突かれ、仰け反った清音の身体を、暁景は繋がったまま引っくり返す。

「それこそが、俺の望みだ…っ」

間近で吼えられ、瞠目《どうもく》する清音の唇を奪う。辺りに漂う花の香りが、甘く柔らかい舌が暁景を狂わせる。

ほんの少しだけ唇を離せば、ねっとりとした唾液が二人を繋いだ。

「俺を感じろ。俺だけに埋め尽くされてしまえ。俺の、清音…」

「ああ…熱い、あつい…っ」

苦しげな吐息すら我が物としたくて、暁景は再び清音の唇を奪う。

……どうすればこの愛しい魔性を手に入れられるのか、皆目見当がつかない。

たった一つ明らかなのは、身体を繋げるこの瞬間、清音は間違い無く暁景のものだということだけだった。

翌朝の目覚めは、爽快《そうかい》とは言えなかった。

精霊たる身は疲労とは無縁で、本来は毎晩の睡眠も必要としない。人の姿に傷を付けられようと、短時間で治癒《ちゆ》するのだ。

だが、暁景《としかげ》に激しく抱かれた後は、昏々《こんこん》と眠り込んでしまう。眠ると言うよりは、意識を失っていると言った方が正しいかもしれない。

「う…っ」

布団から身を起こしたとたん、尻のあわいから生温かくとろみのある液体が大量に流れ出る。昨夜、暁景が執拗《しつよう》に注ぎ込んだ精だ。止めてと何度も懇願したのに、暁景は清音《きよね》の中に居座ったまま、嬉々《きき》として精を放ち続けた。

『清音…お前が欲しい。お前の心を、俺だけのものにしたい…』

揺さぶられながら何度も囁《ささや》かれた言葉が、耳にこびりついて離れない。

この身はやはり、暁景の精を飲み干す度、少しずつ変化しているのかもしれない。そうでなければ説明がつかない。我が子も同然の村人たちよりも、暁景ただ一人が遥《はる》かに気になってしまうなんて。

清音を抱く時の暁景は、絶対の支配者でありながら、清音に縋《すが》っているように思える。

これまで、清音は目の前に苦しんでいる者が居れば誰であろうと手を差し伸べてきた。それが高慧《こうけい》から与えられた使命であり、人の愛情から生まれた精霊としての性《さが》でもあったからだ。だから溺《おぼ》れている暁景を助けもした。あれがもし暁景でなかったとしても、清音は迷わず川に身を投じただろう。

けれど、今は？

もしも今、己を捕らえ、村人たちを脅かしているのが暁景でなかったとしたら、清音はどうしているだろうか。

憎まないのは同じだろう。だが、暁景でない支配者に対し、今と同じような不可解な感情を抱くかと問われれば、答えは否だ。

惹《ひ》かれ合い、夫婦《めおと》となる若者たちを、清音は幾人となく見てきた。想《おも》い合う恋人たちを微笑《ほほえ》ましく見守りもした。

けれど、清音に惚《ほ》れているという暁景がぶつけてくる感情は、穏やかな村人たちとはまるで違う。村人たちがそよ風なら、暁景のそれは荒れ狂う嵐だ。ただ身を晒《さら》しているだけで滅茶苦《めちゃく》茶《ちゃ》にされ、引き裂かれる。

だが清音は、それが決して嫌ではない。むしろ進んでその嵐に飛び込んでみたいとさえ思うのだ。そうすれば、三百年の間生きてきて初めて出逢《であ》った烈《はげ》しい男を少しでも理解出来るような気がして。

「清音の方様、お目覚めですか」

涼やかな声に思考は途切れた。すっと襖《ふすま》が開かれ、布と盥《たらい》を抱えたかやが入って来る。

「寝具を片付けて参ります。その間に、お使い下さい」

かやは水の入った盥と清潔な布を置くと、汚れた寝具を軽々抱えて一旦部屋を辞した。

濡《ぬ》らした布で身体《からだ》を拭《ぬぐ》い、枕元に用意されていた衣装に着替える。小袖の上に、昨日とはまた違う意匠を凝らした豪奢《ごうしゃ》な打掛を重ねた。

かやは身繕いが済んだ頃に戻って来た。差し出してくれた椀《わん》には冷たい清水が注がれている。清音には何よりのご馳走《ちそう》だ。

「ありがとう、かや。いただきます」

礼を言ってから少しずつ飲んでいると、思い詰めた顔をしていたかやが堪《こら》えかねたように突っ伏した。

「清音の方様…申し訳ありませんでした…！　私のせいで、清音の方様が…」

「貴方《あなた》のせいなどではありません。どうか謝らないで下さい」

清音を奥御殿から出さないよう厳命されていたのに、鷺丸《さぎまる》と共に遊ぶのを止めなかったのは、清音の気鬱が少しでも晴れればと思い遣《や》ってくれたからなのだろう。

「謝るべきなのは私の方です。私のために貴方たちを危険に晒してしまった。あの後、何も咎《とが》めは無かったのですか？」

清音を真夜中まで抱き続けておきながら、暁景は少しも応えた様子も見せず、明け方には表御殿へ赴いていった。清音が失神するように眠っている間、かやたちを罰したかもしれない。

　かやはようやく身を起こし、首を振った。

「二度と清音の方様を御殿から出さないようにとは言われましたが、その他には何も。鷺丸様にも、これといったお咎めは無かったと聞いております」

「そうですか…良かった」

　ほっとして微笑む清音に反し、かやは溜息《ためいき》をつく。

「清音の方様はお優しすぎます。もっと私たちをお責めになって当然ですのに…ですが、清音の方様がそのような御方だからこそ、私たちは命拾いをしたのでしょう」

「…命拾い？」

「殿は決して理不尽な御方ではありませんが、逆らう者には誰であろうと容赦をされません。昨日のあのご様子では、鷺丸様は別にしても、私たちは死を賜《たまわ》ってもおかしくはありませんでした」

　冗談だと、一笑に付すことは出来なかった。己の暗殺を企《たくら》んだとはいえ、暁景は義弟をその手にかけようとしたのだ。侍女の命など、もっと軽いに違いない。

「ですが殿は私たちを咎めず、そのまま清音の方様に仕えるよう命じられました。きっと私たちに何かあれば、清音の方様が悲しまれると思われたからでしょう。兄や他の家臣たちも驚いております」

「私の…ために…？」

『お前が止めたから俺は…斬れば、お前が泣くだろうと思ったから…』

頼直《よりなお》の時もそうだった。暁景はいつも清音に激しい感情をぶつけ、無体を強いながら、清音を泣かせまいとする。そしてそれはきっと、暁景が清音に惚れているから…清音を愛しているからなのだ。

「あ…」

「清音の方様？　どうされました？　どこか痛むのですか？」

突然胸を押さえた清音に、かやが血相を変えてにじり寄る。

「いえ、何でもないのです。ただ…胸が疼《うず》いて…」

こんなにも胸が騒ぐのは、矛盾だらけだろうと、激しすぎようと、暁景がぶつけてくるそれが愛であるからだろうか。人の愛情から生まれた清音は、どんなに歪《いびつ》であっても、強い愛情に惹かれずにはいられない。

清音を少しも傷付けないよう、かさついた大きな掌《てのひら》は荒々しいようでいて丁寧に愛撫《あいぶ》を加える。清音は風邪など引かないのに、ことの後、清められた身体にしっかりと寝間着を着せ、己の腕と真綿の布団で二重に包んでくれる。

硬く逞《たくま》しい胸に顔を埋《うず》め、力強い鼓動を子守唄代わりに眠ると、不思議と安らかに眠れるのだ。朝まだき、暁景が出て行ってしまうと、ぽっかり空いた布団が妙に寂しい。

寂しいなんて、村では一度も感じなかったものを。

「暁景を思うと、何故かこうなるのです。私は一体、どうしてしまったのでしょうか…」

「清音の方様、それは…」

僅《わず》かな期待を滲《にじ》ませたかやが何か言いかけた時、小さな物音がした。障子の薄い紙の向こうに、見覚えのある小さな影が浮かび上がっている。

影は躊躇《ためら》うように何度か部屋の外を行き来した後、そっと襖を開けた。

「まあ…鷺丸様…！」

「清音に会いにきたんだ。…入ってもいい？」

かやは逡巡《しゅんじゅん》したものの、真剣な表情に打たれたのか、鷺丸を招き入れた。礼を言って部屋に入った鷺丸だが、昨日の無邪気さが嘘《うそ》のように消沈し、清音の傍《そば》で正座したまま俯《うつむ》いてしまっている。

「鷺丸、どうしたのですか？」

優しく声をかけると、鷺丸はおずおずと顔を上げた。丸く愛らしい目が腫《は》れている。昨日、随分泣いたせいだろう。

「清音…怒ってないの…？」

「怒る？　何故ですか？」

「だって、清音はわたしのせいで、父上に酷《ひど》いことをされたんだよね？」

まだ幼い鷺丸には、清音が具体的にどのような仕打ちを受けたかまではわかっていないだろう。父が側室を褥《しとね》でどう罰するのか、想像も出来まい。おそらく、清音が暁景から暴力を受けたとでも思っているのだ。

「鷺丸のせいではありませんよ。…それに、暁景は私に酷いことなどしていません」

「…うそだ。だって、清音…泣いてたもん」

「…まさか、鷺丸…」

鷺丸が涙目で頷《うなず》いたので、清音は己の予想が正しいことを悟った。この幼子は、父が清音に無体をするのではないかと心配するあまり、襖の外で様子を窺《うかが》っていたのだ。

かやがさあっと青褪《あおざ》める。

「鷺丸様…！　なんてことを…殿に知れたら、いくら鷺丸様でもどうなったか…」

「の、覗《のぞ》いてない、聞いてただけ！」

鷺丸は必死に否定するが、それだけでも充分に危険というものだ。暁景が気付かなくて幸運だった。

「さ、鷺丸、あれは泣いていたといっても、その、なんというか」

清音に羞恥《しゅうち》は無くとも、幼子に褥の知識を早々に植え付けるのは気が引ける。言葉に詰まる清音の手を握り締め、鷺丸はきりりと顔を引き締めた。

「わたしが守るからっ！」

「…鷺丸…?」

「わたしが清音を守るから、だから…いなくならないで…」

小さくなっていく語尾に、清音はこの幼子が生まれてすぐに母を亡くしているのだと思い出す。

ずっとここに居ますよ、とは言えない。清音はいつか、平村《たいらむら》に帰らなければならないのだ。ここは清音の居場所ではない。

…けれど帰ってしまえば、この哀れで愛らしい子はきっと悲しむだろう。暁景にも逢えなくなってしまう。

もう二度とあの狂おしい熱で満たされることは無いのだと思った瞬間、胸に小さな虚《うろ》が生じる。

平村の村人たちは、三百年の間に何度も代替わりをしたからかなりの人数になるが、全てが皆等しく愛《いと》おしい。死んでいった者も、今生きている者も、思い出せば幸福と愛しさで胸が温かくなる。

そうだ、暁景だけなのだ。清音にこんな空虚をもたらすのは。

「清音…、だめ…?」

不安そうに瞬《しばたた》く鷺丸を、清音はふわりと抱き締めた。あの豪胆な男も、かつてはこんなふうに母を求めて泣いたのだろうか。

「大丈夫。私はまだ、どこにも行きません」

「…いつか、どこかに行ってしまうの？」

「そうですね。鷺丸のお父上が許して下さったら、いつかは」

相手が誰だろうと、精霊たる清音は嘘偽りを述べない。

清音の言葉が真実だと悟ったのか、腕の中の鷺丸が身動きし、ぎゅっと胸にしがみついてきた。

「じゃあ、清音はわたしの妻になればいい！」

「は…？」

「ま、まあ、鷺丸様、それは」

清音とかやは目を白黒させるが、鷺丸は真剣だ。

「わたしなら、清音を泣かせたりしない。父上みたいに、酷いことなんて」

「ほお…何が酷いというのだ？」

地の底から響くような声がして、襖が開いた。慌てて平伏しようとするかやを顎をしゃくって追い出し、暁景は鷺丸の両肩を掴《つか》む。

「父上、何をなさるのですか！」

抵抗虚《むな》しく、あっさり清音から引き剝《は》がされてしまった鷺丸は、目を剝《む》いて暁景に食って掛かった。しかし暁景は己の逞しさを見せ付けるように清音を抱き込む。

「これはお前の母ではなく父のものだと言わなかったか？　それに、お前には部屋で写経に励むよう命じたはずだ」

「写経はもう終えました。父上に酷いことをされた清音が心配だから来たのです。父上こそ、表のおつとめはよろしいのですか？」

「…先程から、酷い酷いと言うが、これは俺と清音の問題だ。幼いお前の出る幕ではないわ。勤めのことなど、お前に心配されるまでもない」

「子どものわたしにさえ心配されるようなことをする、父上がいけないのではありませんか？」

「なんだと…？」

睨み合う二人の間に、飛び散る火花の幻覚が見える。剣呑《けんのん》な遣り取りを呆気《あっけ》に取られて聞いていた清音だが、ついに我慢しきれず小さく噴き出した。

「ぷっ…ふふふふ…」

「清音？」

異口同音に呼びかけられ、笑いの衝動はますます強くなる。不思議そうに見守る二人に清音は笑いを収めて詫《わ》びた。

「ごめんなさい。二人がとてもそっくりだったので、つい」

なにせ、鷺丸は暁景をそのまま幼くしたような容姿をしているのだ。親子が向かい合って言い争う様は、まるで大人の暁景と子どもの暁景が喧嘩《けんか》をしているように見える。

「どこが似ているのだ！」

憤慨した二人がこれまた異口同音に抗議するので、清音はとうとう暁景の腕の中で身を捩《よじ》って笑ってしまった。

「ふふふっ…、はは、そういうところがそっくりなのですよ」

思えば、人の姿を取って百年の間でも、これほど笑ったのは初めてのような気がする。

さんざん笑って、眦《まなじり》に滲む涙を袂《たもと》で拭《ふ》いていると、顎をくいっと持ち上げられた。暁景の切なげに細められた黒い目が間近に迫る。

「今…、俺に笑ったな？」

「父上にではありません、わたしにです！」

異議を唱える息子には少し眉を顰《ひそ》めただけで、暁景は清音の頬をそっとなぞる。

「もっと笑え。…笑ってくれ」

「暁景…？」

この男は清音を無理矢理城に留《とど》めているくせに、まるで宝物であるかのように扱う。褥の時は燃え盛る業火を宿す目が、今は凪《な》いだ海のような穏やかさで清音を捉《とら》えている。

言葉も無く見詰め合ううちに、また胸が疼いた。

さっきは一瞬で治まったはずが、今は痛みに変化していく。清音が人であったなら、病にでも罹ったのかと危惧してしまうほどだ。

けれど、清音は精霊。病とは無縁のはずなのに、どうして暁景に見詰められているだけでこんなにも胸が痛むのか。どうして、男らしく引き締まった唇に貪《むさぼ》られたいと願ってしまうのか。

「…っ、父上、清音を放して下さい！」

顔を真っ赤に染めた鷺丸が弾丸のような勢いで暁景に突進する。

不意を突かれた暁景が姿勢を崩したのを見逃さず、鷺丸は暁景と清音の間に割って入った。暁景の膝に乗り、清音とは向かい合う格好だ。

「お前という奴《やつ》は…」

こめかみを引き攣《つ》らせる暁景は、普通の幼子なら恐ろしさのあまり泣き出してしまいそうだが、その暁景の血を色濃く引く幼子は一歩も引かない。

「わたしは清音を妻にして、守ると約束したのです。父上には負けられません！」

「…一度、痛い目を見なければ思い知らないようだな…」

「清音ぇっ」

暁景が腰を浮かせ、実力行使で摘《つま》み出そうとしたのをいち早く察知し、鷺丸は清音の胸にさっとしがみつく。

震えながら顔を擦《す》り寄せてくる小さな身体を、清音は反射的に抱き締めた。怒りに震える暁景からそのまま少し距離を取り、非難の眼差《まなざ》しを送る。

「暁景、幼い鷺丸に暴力は止《や》めて下さい。それに、鷺丸は何も本気で妻などと言っているわけではないでしょうに」

「…っ、本気でないはずがないだろう！　鷺丸、いい加減に…」

「大声を出さないで下さい。鷺丸が怯《おび》えてしまうではありませんか」

暁景の声に反応し、びくんと跳ねた鷺丸の背中を宥《なだ》めるように撫《な》でてやる。

清音は気付かない。鷺丸がこっそりと父を振り返り、涙目でにんまりと笑って見せたことを。してやったりと言わんばかりの表情には、怯えなどどこにも無い。ここは絶対に安全だと理解している顔だ。

暁景が昨日のような暴挙に出るのではないかと危惧した清音だが、それは杞憂《きゆう》だった。

暁景はばりばりと頭を掻《か》きながら、どっかり腰を下ろしたのだ。

やはり暁景も人の親だったのだと感動する清音は、己の笑顔が暁景にもたらした覿面《てきめん》な効果に気付いていない。

「…妻に望む相手に縋るとは、男子の風上にも置けぬ振る舞いだな」

「鷺丸はまだこんなに幼いのです。良いではありませんか。あ…もしかして暁景も、可愛《かわい》がって欲しいのですか？」

暁景があまりに大人気無いので本気で問うてみたら、腕の中の鷺丸も顔を上げる。

「父上はわたしよりもずっと幼子のようです」

「…お前たち…」

屈辱に震える暁景の背後で、小さな笑い声が響いた。

見れば、かやや他の侍女たちが袂で口元を覆いながら堪えかねたように笑っている。暁景が襖を開け放しにしていたので、室内の様子は筒抜けだったのだ。これでは暁景も彼女たちを責められない。

「もっ…、申し訳ございません。殿も鷺丸様も朝餉《あさげ》がまだと伺い、御膳をお持ちしたのですが…その、入るに入れなくて…」

代表して詫びるかやを、清音は笑顔で招き入れる。

「どうぞ入って下さい。せっかくですから、二人とも一緒に食事をすると良いですよ」

かやの指示を受けた侍女たちはてきぱきと動き、二人分の膳を並べた。

鬼と恐れられる暁景が渋面を作っていても、いつものように怯えたりはしない。清音と鷺丸にすっかりやりこめられてしまった主君を、どこか親しみを籠《こ》めてちらちらと窺っている。

暁景が居心地悪そうに身動《みじろ》ぐ間に用意は整い、かやと侍女たちは退出した。上座に暁景が座し、鷺丸はその隣、清音は鷺丸の向かい側だ。

清水の入った椀だけしか無い清音の手元を、鷺丸が不思議そうに覗き込む。

「清音はなにも食べないの？」

「ええ…その、今は食欲が無いのです」

精霊であるがゆえに食物を必要としないとは言えず、曖昧《あいまい》に答えると、鷺丸は膳に添えられていた干し柿をそっと差し出した。

「はい、これ。わたしの好物だけど、清音にあげる」

鷺丸の思い遣りは嬉《うれ》しいけれど、貰《もら》ったところで食べられないのではがっかりさせてしまう。どうしようかと困っていたら、暁景が鷺丸の小さな頭を鷲掴《わしづか》みにし、強引に己の方を向かせてしまった。

「なっ、なにをするのですか⁉」

「余所見《よそみ》をせずに食べろ。…お前は軽すぎる。もっと沢山食べて大きくならねば、立派な武士にはなれんぞ」

ついでのようにぐしゃぐしゃと髪を掻き混ぜられると、涙目で抗議していた鷺丸がくすぐったそうにはにかんだ。ろくに顧みられなかったという幼子が、父とこんなふうに触れ合うのは初めての経験なのだろう。

それは暁景も同じだ。息子をそのまま成長させた精悍《せいかん》な顔立ちには、戸惑いと確かな情愛が滲んでいる。

「…父上だって、清音ばかり見ているくせに…」

「ぶつぶつ言う暇があったら箸《はし》を動かせ」

ぎこちなく交わされる親子の会話を、清音は微笑んで見守った。

朝餉が済むと、鷺丸は名残惜しそうにしつつも、迎えに来た侍女と共に自室に引き上げていく。剣術や書の講義など、国主の子である鷺丸は幼くとも忙しい日々を過ごしているのだ。歳《とし》に似合わぬ聡明《そうめい》さは、物心ついた頃から叩《たた》き込まれた教養のおかげでもあるのだろう。

「お前のせいで、あれはすっかり甘ったれになった」

暁景が苛立《いらだ》たしげに言うのは、鷺丸がぐずって清音の傍をなかなか離れようとしなかったからだ。夕餉も一緒に摂《と》ると約束してやっと納得してくれたのだが、暁景にはそれが面白くないらしい。

「子どもは大人に甘えるのが務めの一つですよ」

むしろ鷺丸は、まだ稚《いとけな》い年頃なのによく辛抱してきたと思う。母の顔を知らず、父にも顧みられなかったのに、よくぞあんなに素直に育ったものだ。

「鷺丸が出逢ったばかりの私に懐いてくれるのは、それだけ甘えられる存在に餓えていたからでしょう」

「…武士の子に、甘えなど必要無い」

「武士だとて、人の子に変わりはありません」

人は、人に甘え、愛されることで己も愛することを学ぶものだと清音は思うのだ。愛されて育った子が親となった時、我が子に愛情を伝える。人の愛情は、そうやって受け継がれていく。

「くだらんな。…俺は鬼だ。鬼に人の情愛なぞわからん」

呟《つぶや》く暁景が酷く寂しげに見えて、清音は傍ににじり寄った。打掛の前を広げ、正座した膝の上をぽんぽんと叩く。

暁景が訝《いぶか》しげに眉を顰めた。

「…なんだ?」

「ここに頭を乗せて下さい」

清音の求めに暁景は不審そうにしながらも応じ、清音の腹を見る格好で横向きに寝転がった。膝の上の頭が落ち着かない様子で小刻みに動いている。

「首の力を抜いて、もっとしっかり私の膝に重みをかけて下さい」

清音に促されるまま、暁景はもぞもぞと動いて収まりの良い場所を見付け、清音の膝にもたれた。

平村の幼子たちは、清音に膝枕をされるとどんな利かん坊でも大人しくなり、すやすやと眠り込んだものだ。幼い無垢《むく》な寝顔を眺めるのは、清音の幸福の一つだった。

「…俺は、子どもではないぞ」

不本意そうに言いつつも、暁景は起き上がろうとはしない。強張《こわば》っていた顔が清音の温《ぬく》もりでだんだん緩み、睡魔に屈するまいと懸命に瞬いていた瞼《まぶた》も落ちていく。

慣れない様子からして、暁景が誰かに膝を貸してもらうのは初めてだったのだろう。こんなことすら許されなかった暁景の幼い頃を思うと、切なさがこみ上げる。

用事を伺いに現れたかやが、清音の膝で眠り込む主人を見て目を丸くする。清音が唇に指を当てると、かやは笑みを浮かべて頷き、何も言わずに退出した。

暁景は愚かだ。安心しきって清音に身を預け、安らかに眠る男が、鬼などであるはずがないものを。

確か、朝の評定まではまだ少し間があるはずだ。僅かな時間でも安息させてやりたい。

「おやすみなさい…暁景」

清音は優しく囁き、脱いだ打掛を暁景にかけてやった。

奥御殿の縁側廊下に座し、集まってきた小鳥たちから村の様子を聞いていると、小太刀の稽古を終えた鷺丸が駆け寄ってきた。

「清音！」

「お疲れ様でした、鷺丸」

膝の上に乗ってくる鷺丸を抱き止め、額に浮かんだ汗を拭ってやる。鷺丸はくすぐったそうにしながらも嬉しそうに笑い、かやが差し出した水を飲み干した。

鳥たちは小さな闖入者《ちんにゅうしゃ》に慣れてしまったのか、清音の肩先に留まったままだ。或《ある》いは鳥の名前を持つ愛らしい幼子を気に入っているのかもしれない。小鳥たちと幼子がじっと見つめ合うのは酷く可愛らしい光景だ。

「清音、見ててくれた？　師に誉《ほ》められたぞ」

「はい。とても勇ましかったですよ」

清音の賛辞を受け、鷺丸は誇らしげに胸を張った。

鷺丸も武将の子なので、三歳の頃には既に小太刀の指南を受け始めているが、今までは書の講義の方を好んでいたそうだ。それが数日前、清音を巡って暁景と争ってから急に熱心になり、周囲を驚かせている。

「若君はとても筋がよろしゅうございます。きっと、末はお父上のようにお強くなられましょう」

庭先に跪《ひざまず》いた指南役がにこやかに告げるが、鷺丸は不満顔だ。

「父上のように、ではだめだ。父上よりももっともっと強くならなければ、清音を守れない。こんな小太刀ではなく、早く太刀を使いたい」

「若君、何度も申し上げましたように、物には順序というものがございまして…」

太刀は馬上で振るうための武器だから、刀身は非常に大きく、見た目よりも遥かに重たい。まだ幼い鷺丸では持ち上げることすら叶《かな》わないだろう。だが、素直に言えば主君の嫡男の機嫌を損ねてしまう。

困り顔の指南役に安心させるように微笑みかけ、清音は鷺丸の背中を優しく擦《さす》った。

「暁景とて、最初からあのように大きかったわけではないのです。何事も、地道な鍛錬こそが一番大切なのですよ」

「…でも…」

「貴方はこんなに小さいうちから頑張っているのです。きっと、師の君が言う通り、末は暁景のような…もしかしたら、暁景よりも強くなるに違いありません」

「…わかった。清音がそう言うなら。……すまぬ」

小さく付け加えられた最後の一言は、指南役に向けられたものだ。

幼児とはいえ城主の子、指南役との身分は天と地ほどに違う。しかも鷺丸の父は鬼と恐れられる暁景だ。それが素直な謝罪を寄越したものだから、指南役は泡を食った。

「と、とんでもないことにございます。私などにそのような、勿体《もったい》無い…」

「いいえ、貴方は鷺丸の師なのですから当然のことです。どうか、これからも鷺丸をよろしくお願いしますね」

「はっ…、ははっ！　この命に代えましても！」

清音にまで頼まれ、指南役はさんざん恐縮しながら退出した。控えていたかやが涼しげな目元を緩ませる。

「清音の方様は、まるで鷺丸様の本当の母君のようですね」

「ちがうぞ、かや。清音はわたしの妻になるんだ」

「まあ、またそのようなことを仰《おつしや》って。殿がお怒りになりますよ」

かやの言葉に、ちょうど通り掛かった侍女たちがくすくすと笑いさざめく。

暁景の話題が上がる時、いつもなら侍女たちの顔に笑みなど無い。誰もが忌《い》み子の鬼を恐れ、憚《はばか》るのが常だった。

けれど今、奥御殿の侍女たちは屈託無く暁景のことを話し、時には冗談めいたことまで口にする。それはやはり、暁景が清音や鷺丸たちと過ごす一時を、最も長く眺めているからだろう。

侍女たちは口々に噂《うわさ》している。暁景は変わった、と。

かやによれば、清音が来る前の暁景は荒《すさ》んだ空気を纏《まと》い、必要以上に家臣たちを寄せ付けなかったそうだ。

非情でも名君には違いなかっただろうに、家臣たちは暁景の出自が頭から離れない。暁景もまた出自ゆえに冷遇され続けた記憶が忘れられず、互いに距離を置いてしまうのだろう。鷺丸を顧みない暁景を、やはり鬼の血の主《あるじ》かと嘆く者も居たらしい。

けれど今、暁景は清音の元に通う傍ら、ぎこちないながら鷺丸とも親子らしい交わりを持ち始めた。清音を親子で仲良く争う様は、荒んだ暁景しか知らなかった家臣たちには微笑ましく映るのか、最近では評定以外でも暁景の元に集まる者も出ているそうだ。

…そう、清音が笑いかけたあの時から、暁景は確かに変わった。

城に連れて来られたばかりの頃はまず胎内に一物を穿《うが》たれ、強引に揺さぶられていたのに、今は甘い悲鳴が勝手に上がるまで蕩《とろ》かされるようになった。

暁景は清音の全身をくまなく愛撫し、執拗に蕾《つぼみ》を舐《な》めて解《ほぐ》すと、堪えきれなくなった清音が尻を揺らすのを見てやっと下帯を取り去る。向かい合って組み敷いたり、仰臥《ぎょうが》した己の上に乗せたりと様々だが、必ず清音の顔を正面から捉えて胎内に押し入る。

じっくり蕩かされてから身体を開かれると、清音の性器は尻を突かれただけで簡単に蜜を吐き出すようになってしまった。繋《つな》がった胎内から、絡み合わされた肌から伝わってくる熱が、清音を呆気無く絶頂に導くのだ。

こんなこと、苦痛しか伴わなかった初めての時からは想像も出来なかった。やはり、この身に注がれる熱は清音を変化させているのだ。暁景の激しさに清音までもが引き摺《ず》られていく。

今日、暁景は佐伯《さえき》らを伴って支城の査察に出掛けており、明日まで戻らない。今宵《こよい》はあの熱に包まれないのだと思うだけで胸が痛み、毎夜一物を受け容《い》れている蕾が寂しげに疼いてしまう。幼く無垢な鷺丸を抱いているというのに、どうしてしまったというのか。

「…ね、清音！」

「あ…、はい、鷺丸。どうしましたか？」

襟元を摑んで揺さぶられ、清音はやっと何度も呼びかけられていたことに気付いた。慌てて視線を合わせるが、鷺丸はぷいっとそっぽを向いてしまう。

「ごめんなさい、鷺丸。少し考え事をしてしまいました」

「…どうせ、父上のことなんだろ?」

まだ幼いのに、鷺丸は清音が驚くほど人の心の機微に聡《さと》い。武芸よりも書を好んでいたというから、怜悧《れいり》な質《たち》なのだろう。

「清音は父上のことばっかりだ。今日は父上がいないから、ずっといっしょにいられるって思ってたのに」

「ふふ…、鷺丸」

図星を指されてぎくりとしていた清音も、これには笑った。どれだけ鋭くともやはり鷺丸は幼子だ。やることなすことが愛らしい。

「そうですね、今日はずっと一緒に過ごしましょう。あと一刻《いっとき》もすれば雨が降り出すようですから、碁でも打ちましょうか」

碁は上流階級の娯楽だから、村で嗜《たしな》む者は居なかった。清音もつい先日、碁が大好きだという鷺丸に教えられて初めて知ったのだ。

「あれから何度かかやと打ったのですが、一度も勝てなくて…鷺丸がまた教えてくれたらなんとかなるのではと思うのですが…」

「殿も碁は打たれませんから、清音の方様にお教え出来るのは鷺丸様だけですね」

かやがさりげなく付け加えれば、幼い自尊心が大いにくすぐられたのか、鷺丸は少し口先を尖《とが》らせながらも振り向いた。

「…じゃあ、教える」

「ありがとうございます。では早速…と言いたいところですが、まずは着替えなければいけませんね」

顔の汗は拭いてやったが、小袖の脇や背中がじっとりと湿っている。このままでは身体が冷えてしまうだろう。清音は鷺丸の侍女を呼び、着替えさせてくれるように頼んだ。

「すぐにもどるから、待ってて！」

何度も立ち止まって叫ぶ鷺丸を、侍女は苦笑して部屋へ連れて行く。

清音は鷺丸の姿が廊下の奥に消えるまで手を振ると、肩先に留まったままの小鳥たちを庭に放した。もうすぐ雨が降ると教えてくれたのは彼らなのだ。早く巣へ戻してやらなければ雨に濡れてしまう。

素直に飛び立った小鳥たちを、かやが感心して見送る。

「あの鳥たちは、まるで清音の方様の言葉がわかっているようですね」

実際に清音は鳥たちと意志の疎通が出来るのだが、清音の素性を知るかやであっても教えるべきではないだろう。清音が鳥たちから村の様子を聞いていると曉景に伝わってしまったら、村がどうなるかわからない。

鳥たちによれば、村には曉景の兵が未《いま》だに駐屯しているそうだが、村人たちには一切手出しをしていないそうだ。理不尽な要求をされることも無く、監視されている以外はいつもと同じ日々を過ごしているという。

だが、それは全て清音が大人しく暁景の元に留まっているからなのだ。暁景は最初の頃よりずっと纏う空気が柔らかくなったけれど、清音が村を懐かしむ言動をすればとたんに不機嫌になる。

いつかは暁景を説得し、村に帰らなければならない。あの穏やかな村で、誰をも愛し愛される生活に戻らなければならないのだ。

…そうなったら、清音はどうやってこの虚《うつ》ろな心の穴を埋めるのだろう。村には…いやここ以外のどこにも、暁景のような熱を持った人など居ないのに。

再び考え込みそうになった清音の背後で、誰かが膝をついた。鷺丸が戻って来たのかと思えば、平伏しているのは若い侍女だ。確か、普段は表御殿に仕えており、奥御殿との取次を務めているはずである。

侍女はどこか緊張した面持ちで告げた。

「清音の方様に、お目通りを願い出ている者がおります」

桜見《おうみ》を警戒し、新たに築かせた支城の査察を済ませた暁景は、翌朝まだ陽《ひ》も昇り切らぬ刻限に帰途についた。支城の者たちはせめて朝餉をと引き止めたのだが、一刻も早く清音の元に戻りたくて矢も盾もたまらなかったのだ。

まっすぐ奥御殿に向かうと、不寝番を務めていた侍女が迎えてくれる。

「殿、お帰りなさいませ。ただいま、清音の方様をお起こしして参ります」

「…いや、良い。まだこんな刻限だ。起こすのは忍びない」

別の間に褥の準備をしようとするのも断り、暁景は清音に与えた一室にそっと滑り込んだ。灯《あか》りの無い室内はまだ薄暗いが、闇に慣れた目は部屋の真ん中に伸べられた布団をしかと捉える。

「…また、こやつは…」

愛しい温もりの隣に潜り込もうと布団を捲《めく》れば、寝間着姿の清音に小さな身体がしっかりしがみつき、くうくうと寝息をたてている。

清音と一つ布団に包《くる》まり、密着して眠るなど、たとえ我が子であっても許せない所業のはずである。なのに、苛立ちと同じだけの温かさが胸に湧くのは、鷺丸の寝顔があまりに安らかで、幸せそうだからだ。

暁景が鷺丸と同じ歳の頃、母の輝姫《てるひめ》は既に死んでいた。継母《ままはは》も義父も実子の頼直だけを猫可愛がりしたから、こんなふうに抱かれ、安心して眠った記憶など無い。いつも寝首を掻かれるのを恐れ、刀を抱いて眠っていた。

己の幼い頃にそっくりな鷺丸が清音に抱かれて眠る様は、かつて喉から手が出るほど欲しかった夢の光景そのままだ。ふと気付けば、暁景は鷺丸の隣に肘をつき、小さな頭を撫でてやっていた。

「…、暁景…?」

こちら向きに横臥し、鷺丸を抱いて眠っていた清音が、ぱっと目を開ける。眠りの余韻《よいん》も無い唐突な目覚めは、本来睡眠を必要としない精霊ゆえか。

「すみません…碁を打っていたら白熱してしまって、ここで眠り込んでしまったんです。起こすのも可哀想《かわいそう》だったので、つい…」

「ん…き、よね…」

鷺丸がむにゃむにゃと寝言を言い、清音の胸に顔を押し付ける。布団が捲れて寒かったようだ。

清音は布団をしっかり引き上げ、耳元で歌うように囁く。

「大丈夫…ここに居ますよ」

「ん、ん…」

安心しきった鷺丸が再び深い眠りに落ちると、清音はこちらを向いて微笑んだ。

「父上にも教えて差し上げるのだと言って、ずっと待っていたのですよ」

「…こやつが?」

暁景が城を空けて、清音を独り占め出来ると一番喜んだのは鷺丸のはずだ。いっそ、暫《しばら》く戻らなければいいのに、くらいは考えそうなものである。

「碁を打っている間、鷺丸はしきりに曉景のことを聞きたがり、私にも色々と話してくれました。父上は素晴らしい国主で、民からも敬われているのだと。いつかは自分も父上のような国主になりたいと」

「鷺丸が…そのようなことを言ったのか…」

義父の後を継いでから、曉景は辰見国《たつみのこく》を繁栄させるべく心血を注いできた。争乱の種を摘み、公平な税制を敷き、領内を整備し、農民たちの生活にも気を配った。その結果辰見国は栄え、曉景の出自を知らない民たちは名君を戴《いただ》いたと喜んでいる。

だがそれは決して民のためを思ってではない。己のためだ。

たとえ家臣たちが曉景の出自を問題視し、国主の座から追いたくとも、曉景が民の信望を集めている間はおいそれと手出し出来ない。言わば曉景は己の身を守るため、民を利用しているのだ。

それが、ろくに会話すらしてこなかった我が子には、そんなふうに見えていたのか。

不思議な感動が胸に広がり、曉景は眠る息子を凝視した。

清音と出会う前、最後に対面したのは半年ほど前だったか。今更だが、随分と大きくなったものだと思う。背丈や体格だけではなく、面構えから幼さがかなり抜けてきた気がする。小太刀の稽古に熱中しているせいだろうか。

いや、やはり清音の存在が大きいのだろう。清音を妻にすると言いながら、鷺丸の態度はまるきり父よりも己に構って欲しい幼子のそれだと、佐伯も笑っていた。

「鷺丸はきっと、貴方が思うよりもずっと父上を慕っていますよ。…暁景も、鷺丸を愛しているのでしょう？　だって今、とても優しい顔をしていますから」

「清音…」

優しい微笑みに、ああこれだ、と直感する。

これこそが暁景を魅了し、狂わせるのだ。

清音に近付く男は我が子でさえ許せなかったのに、鷺丸と共に居る清音が暁景に笑ってくれたから、鷺丸だけは例外になった。己の幼い頃にそっくりな鷺丸が清音と戯れる様がまるで本当の親子のようだと…そう、清音が暁景の子を孕んで産んでくれたようだと錯覚出来るから。

清音が居なかったら、こんなふうに我が子の寝顔を温かな気持ちで眺めることなど無かっただろう。人の愛情から生まれた花の精霊は、暁景にとってまさしく春の温もりそのものだ。

だが、清音は好き好んでここに居るわけではない。村ごと人質に取られているからこそ留まっているのだ。

清音を独占出来るなら、この微笑みを己のものだけに出来るなら、無理矢理従わせているのでもいいと思っていた。

けれど、もうそれでは駄目だ。我慢出来ない。

清音に、心から暁景の傍に居たいと願って欲しい。人質など無くとも、ずっとこうして寄り添っていて欲しい。

息子に笑ってくれるなら、いつかは父親にも笑ってくれるのではないか。二人はそっくりだと清音が初めて屈託無く笑った時から捨て切れずにいる希望は、こうして共に鷺丸を眺めていると、どんどん膨《ふく》らんでいく。

もしも清音が自分から暁景の傍に居たいと望み、こんな光景が日常になるとすれば、どれほど幸福だろう。

そのまま無言で暫く過ごし、小鳥の囀《さえず》りと共に侍女たちの立ち働く物音が届きだすと、清音はそっと鷺丸を押しやり、身を起こした。

「清音…どうした？」

「気付かなくてごめんなさい。暁景はあまり眠っていませんよね？　私は平気ですから、どうぞ休んで下さい」

そう言って布団を譲ろうとするので、暁景は細い肩を掴み、布団の中に押し戻す。

「このままでいい。仮眠は取ってある」

「でも、そこでは硬くて身体が痛くなってしまいますよ」

硬いといっても畳の上で、屋根もある。時には風雨の中、一睡も出来ずに警戒し続けなければならない戦に比べれば極楽のようなものだが、本気で気遣う眼差しが胸を甘くくすぐる。

「…ならば、こうすれば良い」

暁景は布団の中に滑り込み、畳に転げ出そうになる清音をぐいっと引き寄せた。花の香りがする細い身体を、すやすやと眠り続ける我が子ごと抱き締める。

「あっ…と、暁景…」

絹の寝間着越しに尻をなぞられ、うろたえる清音に悪戯《いたずら》っぽく笑ってやる。

「いくら俺でも、こんな状況でまぐわおうとは思わん」

「で、ですが、この間は…」

「…ただ、温まりたいだけだ。お前の傍は…温かいからな…」

囁くと、清音は強張りを解き、暁景に身体を預けてくれる。暁景の胸元に伏せられた顔は、きっと慈愛に満ちた笑みを刻んでいるのだろう。

憎しみを知らない精霊の目には、暁景も鷺丸とさして変わらぬ幼子に映っているのかもしれない。

けれど、人質を取り、己を穢《けが》した男にこうして温もりを分け与えてくれるのは、そこに村人たちに対するのとは違う感情があるせいだ。…そう、信じたい。

「暁景…眠らないのですか?」

仄暗《ほのぐら》い室内に浮かび上がるかのような薄紅色の髪を飽かずに梳《す》きやっていると、小さく身動ぎした清音が問う。

「ああ。今日は早くに評定を開くことになっているからな」

支城の普請具合や春日部国《かすかべこく》との交渉状況など、諮《はか》らなければならないことが山積しているのだ。鷺丸と春日部国の姫との婚約もそろそろ公表すべきだろう。

桜見国の神門《みかど》家も暁景の決断を知り、報復を画策し始める頃だ。…もしかしたら戦《いくさ》になるかもしれない。

今までは、戦ですら暁景の身を守る手段の一つでしかなかった。戦場で敵兵を数多《あまた》屠《ほふ》れば、味方はやはり鬼よと暁景を恐れるようになるからだ。

けれど、今は違う。

暁景が敗北すれば、辰見国はあの神門家に支配されてしまう。暁景を元々忌み嫌っている叔父は、援軍を拒まれたことで怒り狂い、辰見国を蹂躙《じゅうりん》し尽くすだろう。そしてそれは清音の愛する平村も例外ではない。

己のためではない。清音のために…清音の笑顔を守るために、何としても勝たなければならない。

誰かのために勝つなど、ほんの数ヶ月前の己が聞いたら嘲笑《ちょうしょう》間違い無しの綺麗事《きれいごと》だ。だが、それこそが偽らざる本心なのだからどうしようもない。

「清音…お前は…」

間も無く戦だと言ったら、どうするだろう。心配するだろうか。止めて欲しいと、戦場になど行かないで欲しいと引き止めてくれるだろうか。

淡い期待を滲ませて問いかけるより前に、清音がふと顔を上げた。

「あの…お願いが…聞いて欲しいことがあるのですが…良いでしょうか?」

今までに無いほど真剣な表情に身構えてみれば、予想外のことを言う。これまで一方的に豪奢な打掛や帯などを贈ってきたが、清音から何かを望んだのは初めてだ。

「何だ?　村に帰る以外なら、何でも聞いてやるぞ」

愛しい者にねだられて悪い気のする男は居ない。口元を緩ませて促すと、清音は伏目になりながら切り出した。

「お願いします。新しい側室を迎えて下さい」

昼間清音の元を密《ひそ》かに訪れたのは、暁景の重臣、田村忠弘《たむらただひろ》だった。奥御殿の中に入れる男は暁景と鷺丸だけなのだが、田村は奥御殿に仕える縁者の侍女に頼み込み、暁景の留守を待って来訪したのだ。

『清音の方様から、殿に側室を勧めて頂きたい』

驚く清音に、田村は無礼を何度も詫びた上で説明した。

暁景は現在、鷺丸しか子を持たない。鷺丸に何かあれば後継が居なくなり、最悪の場合頼直の台頭を招きかねない。そのため田村は前々から側室を持つよう勧めていたのだが、暁景は『面倒だ』の一言で撥《は》ね付けてきた。

そこに清音という新たな側室が加わったものの、どんなに寵愛《ちょうあい》が深くとも男では子が望めない。しかし、暁景は清音の願いで不倶戴天《ふぐたいてん》の敵であった義弟を許し、疎遠だった鷺丸とも打ち解けて過ごすようになった。今なら、清音が勧めれば暁景も側室を持つかもしれない。

『この戦乱の世では明日何があるかわかりません。殿のお子は多ければ多いほど良いのです。伏してお願い申し上げます…どうか、清音の方様から殿に側室を勧めて頂きたい』

素性の知れない清音にも迷わず平伏する田村は、暁景を名君と仰ぎ、強い忠誠を抱いているのだろう。

新しい側室を迎えるのは、暁景にとっては良い事尽くめだ。後継たりうる子が増え、鷺丸には兄弟が出来る。鷺丸も喜ぶだろう。

城に攫《さら》われてきたばかりの頃ならきっと、暁景に愛する者が増えるのは良いことだと喜び、二つ返事で田村の願いを受け入れていた。

けれど、暁景があの狂おしい熱を清音以外の者にぶつけるのを想像したとたん、胸がずしりと重たくなり、ずきずきと痛みだした。まるで鉛を飲み込んだかのようだ。

本体に何かあったのかと危惧したが、念を飛ばしてみても何の異常も無い。異変は、清音の心だけに生じているのだ。

…これは、何？　こんなの知らない。誰も教えてくれなかった。

混乱する清音が、臣下の差し出口に怒りを覚えていると勘違いしたらしい。田村はただひたすら平伏し、何度も言上した。

田村が暁景のため、鬼束《おにづか》家のためを思っているとわかるからこそ、清音は最後には頷いたのだ。人の愛から生まれた精霊が、人が人を愛することを嬉しく思わないはずがないのだと己に言い聞かせて。

暁景とて一国の主だ。鷺丸と触れ合うようになったせいか、最近は随分と纏う空気が柔らかくなった。きちんと話せばきっと理解し、受け入れてくれるはず。

――そう期待していた己は、一体どこで間違ってしまっていたのだろうか。


表御殿の広座敷は、血の臭いに満ちていた。

「とっ…殿、お止め下さい！」

血塗《ちまみ》れの打刀を手にした暁景を、佐伯が背後から必死の表情で羽交い絞めにしている。だが、体格でも膂力《りょりょく》でも劣る佐伯では、暁景を完全に止めることなど出来ない。暁景は小柄な家臣を容易《たやす》く振り解き、再び狙《ねら》いを定める。

「…と、の…」

血の滴る刃が示す先には、肩口を切り裂かれた田村が力無く蹲《うずくま》っている。最早《もはや》逃げる気力も無いようだ。他の家臣たちがなんとか引き摺って逃がそうとするが、曉景の注意を引いてしまえば今度は己が同じ目に遭いかねず、全く捗《はかど》っていない。

侍女たちは悲鳴を上げて逃げ回り、中には失神してしまう者も居る。唯一、かやだけが気丈にも兄に加勢しているが、あまり助けにはなっていない。

惨劇を、清音は間近で見詰めていた。逃げ出すのは勿論《もちろん》、耳を塞《ふさ》ぐのも、目を逸《そ》らすことすら許されない。両手と両脚を縛《いまし》められ、猿轡《さるぐつわ》を噛《か》まされているからだ。

全ては、あっという間の出来事だった。

『お願いします。新しい側室を迎えて下さい』

切り出した瞬間、柔らかかった曉景の顔は凍り付き、次いで憤怒に染まった。安らかに眠っていた鷺丸が飛び起きるほどすさまじい怒りだった。

『お前がそれを言うのか…俺にお前以外の者を抱けと言うのか…！』

曉景は鷺丸が止めるのも構わず、誰の入れ知恵だと詰め寄った。そして田村の名を聞き出すと、清音を縛り上げて表御殿に出向き、家臣を集めたのだ。

縛り上げられた清音を担いで登場した曉景は、度肝を抜かれた家臣たちの中から田村を見付けるなり一太刀浴びせた。

田村はとっさに身体を捻《ひね》り、致命傷は免れた。止《とど》めを刺そうとする曉景を佐伯が飛び出して止めたが、事態はそれから全く動いていない。主君とはいえ、たった一人の男に数多の武士が竦《すく》み上がってしまっているのだ。

「何も知らぬくせに、差し出口を挟みおって…」

ここにきてようやく発せられた一言に、勘のいい佐伯は暁景の激昂《げっこう》の理由を悟ったらしい。よろめきながら立ち上がり、懸命に暁景の利き腕に喰《く》らいつく。

「殿、どうかお止まり下さい！　田村殿に二心など無く、ただ殿とこの鬼束家の御為を思われてのことでございましょう」

「…放せ。そもそも、俺の留守を狙って清音に会ったということ自体許し難い。あまつさえ側室など…その首、刎《は》ねてやらねば俺の気が済まぬわっ」

「清音の方様が、ご覧になっていらっしゃいます！」

暁景の咆哮《ほうこう》にも怯《ひる》まず、佐伯は声を張り上げた。憤怒《ふんぬ》一色だった暁景の表情が僅かに揺らぎ、視線が泳ぐのを見て、勇気を得たように続ける。

「清音の方様は慈悲深い御方。過ちを犯した者であっても、御前で殺されれば嘆かれましょう。どうか、清音の方様の御心のためとお思いになって、お慈悲を…！」

ぴたりと動きを止めた暁景が、畳に転がされた清音をゆっくり振り返った。

背筋にぞわりと戦慄が走る。暁景の暗い双眸《そうぼう》には、初めて犯された時と同じ黒い炎が宿っていたのだ。

嵐の前を予感させる静かな声で、暁景がぽつりと呟く。

「…清音の、ため…か」

「そ、そうです、殿。清音の方様のために、どうか…」

説得が功を奏したと思ったのか、佐伯が僅かに喜色を滲ませる。

違う、そうではないと、清音は転がされたまま激しく首を振った。

暁景の怒りは決して冷めてはいない。むしろ、清音の存在を思い出し、ますます高じているのだ。

その証拠に、肌を重ねてすらいないというのに、暁景から発される熱く激しい感情が炎となって清音を炙《あぶ》っている。こうしているだけで、全身が爛《ただ》れてしまいそうだ。

だが、人である佐伯にはそこまでは感じ取れないのだろう。佐伯は暁景が田村を手当してやるよう命じたので、主君は怒りを治めたのだと思い込んでいる。他の家臣たちも、ほっと胸を撫で下ろしていた。

暁景は全員の緊張が緩んだのを見計らったように口を開いた。

「田村が俺にあてがおうとしていた側室候補を、すぐ城に集めろ」

「は…!? な、何故またそのような」

「集めろ。すぐにだ。…なにも、危害を加えようというのではない」

では一体、何のために呼び寄せようというのか。

突然の命令に、佐伯は怪訝《けげん》な顔をしつつも結局は従った。ここで逆らえばまた田村への怒りが再燃するかもしれないと判断したのだろう。

すぐさま城下に使者が送られ、側室候補の娘たち五人が奥御殿に上がった。富裕な商家の娘であったり、武家の娘であったりと出自は様々だが、いずれも若く見目麗しい健康な娘ばかりだ。

暁景の出自は公には伏せられている。城主の側室となるのだと夢見てきた娘たちは、広く豪奢な御殿に見惚《みと》れ、期待に胸を高鳴らせながら平伏して暁景の登場を待つ。

「面を上げよ」

そして顔を上げた娘たちが見たものは、想像よりも遥かに雄々しい偉丈夫と――その膝に乗せられ、背後から逞しい一物で蕾を貫かれる全裸の清音だった。

「きゃあああっ！」

男と男のまぐわいを見せ付けられ、まだ男を知らない純真な娘たちは悲鳴を上げる。

中には混乱のあまり這《は》って逃げようとする娘も居たが、結局は思い止まった。国主の側室候補として城に上がったのに、逃げ出したりすれば実家や家族がどんな仕打ちを受けるかわからない。

「…よう参ったな。俺が辰見守、鬼束暁景だ」

「あ、あ、あぁっ！」

名乗りに合わせるように腹の内側を抉《えぐ》られ、堪えきれない嬌声《きょうせい》が迸《ほとばし》った。さっきまでの縛めは解かれたが、新たに後ろ手に縛られたせいで、剝き出しの股間《こかん》を哀れな娘たちから隠すことすら叶わない。

娘たちの到着を待つまでの間、既に二度、胎内に精を注ぎ込まれていた。外へ掻き出すのも許されず、胎内に留まったままの精は、たぷんちゃぷんと露骨な音をたてては暁景の雄々しい一物の動きを娘たちに知らしめている。

娘の一人が、戦慄《わなな》きながらも気丈に問う。

「じょ、城主様、なぜ、このような」

「お前たちは、俺の側室になるために参ったのだろう？　…ならば、まずは覚えておいてもらわねばならん。俺の一物は、この通り、この者にしか勃《た》たんのだ」

「や…う、ぁ、ああ、あん」

暁景は清音の脚を抱え上げ、小さな蕾に突き立てられた巨大な一物を見せ付けた。その拍子に突き上げられる角度が変わり、強すぎる快感が全身を駆け巡る。

「ああーっ…！　あ、あ、もう…はぁっ」

限界を迎えた性器が熱を吐き出そうとした瞬間、暁景の手が滑り込み、根元を縛める。さっきから何度もそれを繰り返されるおかげで、清音は絶頂に押し上げられたまま、終わることを許されずに喘がされ続けていた。

どうにか許して欲しくて暁景の厚い胸板に頭を擦り付けると、暁景は艶《つや》の滲んだ笑みを浮かべ、清音の旋毛《つむじ》に唇を落とす。

娘たちがごくりと息を飲んだ。

清音にはわからないことだが、美しい青年が雄々しい城主に縋る様は、男を知らぬ生娘すら惑わすほどの壮絶な色香を放っているのだ。

「だが、この者は見ての通り男子ゆえに子は孕めん。俺はまるで構わぬが、それではまずいと煩《うるさ》く騒ぎ立てる者が居るのでな…ならば、こうするしかあるまい?」

「あっ…あ、うああっ…」

一体化するのではと思うほど奥まで入り込んでいた一物が、ずるりと清音から這い出ていった。食むものを無くした胎内が、清音の意志には関係無く、臍《へそ》の裏側辺りまで物欲しげにきゅるりと蠕動《ぜんどう》する。

薄い腹越しにそれを知った暁景は、極上の獲物を途中で横取りされた獣のように唸《うな》りつつも、清音を放置してやおら立ち上がる。

「全員、こちらへ来い」

「は……?」

「二度も言わせる気か?」

娘たちはおろおろと視線を彷徨《さまよ》わせたが、助けてくれる者など居ないのだ。

彼女たちがどれほど悲鳴を上げようと、奥御殿の侍女たちは決してここには入って来ないだろう。激昂した暁景が田村を斬ったことは瞬く間に城内に知れ渡ったはずだ。誰も田村の二の轍《てつ》を踏みたくはない。

事情を知らない娘たちも逃げ場は無いと悟ったのか、おずおずと暁景の元に近付いた。

暁景は美しい娘たちを無感動に眺め、露《あらわ》になったままの逞しい男の証《あかし》から恥ずかしげに顔を逸らした娘の手首をむんずと掴んだ。

「あっ?」

乱暴に引き寄せられ、姿勢を崩した娘はどさりと畳に投げ出された。暁景は娘をうつ伏せに這わせ、小袖の裾を腰巻ごと捲《まく》り上げる。

「いっ…いやあ! 何をなさるのですか!」

そこだけにしか用は無いとばかりに下肢を露にされ、娘は半狂乱になって泣き叫んだ。他の娘たちも、ある者は両手で顔を覆い、ある者は放心して腰を抜かしてしまっている。

暁景は見るも哀れな娘たちを嘲《あざけ》り笑った。

「何をする? お前たちは側室となるため城に上がったのだろう。俺の側室になるとは、こういうことだ」

「いや、いや、いやっ」

「俺は清音以外欲しくはない。お前たちは清音の代わりに俺の子を産むためだけの、ただの道具だ……！」

清音と己の精に塗れた一物を扱《しご》きながら、暁景が睥睨《へいげい》するのは娘たちではなく清音だ。

――お前がいけないのだ。

未だ冷めやらぬ怒りに染まった瞳が、雄弁に清音を詰《なじ》っていた。

――この事態を招いたのはお前だ。俺だけではない。お前も、この娘たちを傷つけるのだ。

「やっ…やめて下さい、暁景……！」

なんとしても暁景を止めなければならない。清音は力を振り絞って身体を起こし、暁景の脚元目掛けて倒れ込んだ。

腕を縛められているせいでしがみつけないのがもどかしいが、体重を全てかけてやれば、不意を突かれた暁景の平衡を崩すには充分だ。

「は…早く、逃げなさい！」

娘を押さえ付ける腕が外れた瞬間、清音は叫んだ。

娘は慌てて裾を直し、放心していた他の娘たちと共にこけつまろびつ逃げ出していく。

実家や家族の心配よりも、恐怖が勝ったのだ。奥御殿の侍女たちも、娘たちを捕らえようとはしないだろう。

娘たちは二度と暁景の側室になりたいとは願うまい。殊《こと》に暁景に凌 辱《りょうじょく》されかけた娘は、暫くは恐怖に怯える日々を送ることになるだろう。繊細な乙女のこと、もしかしたら一生引き摺ってしまうかもしれない。

娘たちの操《みさお》は守られたが、その代わり心に深い傷を負わされてしまったのだ。他でもない、娘たちを守るべき国主の暁景によって。

「何故…、何故こんな酷いことを…！」

「酷いのは、どちらだ⁉」

涙ながらの糾弾《きゅうだん》を、喉奥から迸るような暁景の絶叫が打ち消した。悲鳴にも、慟哭《どうこく》にも似たそれは清音の全身を打ち、総毛立たせる。

暁景は清音の腕の縛めを解き、細い両肩を鷲掴みにした。ひたと合わされた黒い双眸に呆然とする清音が映し出されている。

「己に惚れている男に、他の女を抱けと勧めるお前は酷くないのか？　俺はお前が望んだ通りにしただけだ」

「…と、しかげ…」

「どうせお前は、何も考えずに田村の願いを聞いてやったのだろう？　本気で俺や、鷺丸のためになると思って側室を勧めたのだろう？　…っ、お前はいつもそうだ。出逢った時からまるで変わらない。俺はお前に惚れて、阿呆《あほう》のように腑抜《ふぬ》けていくのに、お前はいつだって美しく、優しく笑っている…誰に対しても…俺以外の誰にでも」

荒かった語気がだんだん弱まるにつれ、暁景は項垂《うなだ》れ、とうとう清音の肩に顔を埋めてしまう。

「どうすればいい？　どうすればお前は俺だけを特別に思ってくれる？　村人たちを皆殺しにでもすればいいのか？　そうすればお前は、俺を憎んでくれるのか？」

触れ合った肌から流れ込んでくるのは、痛いほどの切なさと渇望だ。

欲しい、欲しい、清音が欲しい。誰にでも与えられるものでないのなら、それが愛情でなくても構わない。憎しみでもいい、清音の特別が欲しい。

「いや…駄目だ。本当は憎まれたくなどない。俺はお前に惚れている…お前に愛して欲しい。俺だけを、愛して欲しい…っ」

「あ…、あっ…！」

身の内で熱いものが溢《あふ》れ、清音はたまらず暁景を振り解き、その場にくずおれた。ぎゅっときつく己を抱き締めていなければ、内側から崩壊してしまいそうだ。

「き…清音？　清音!?」

激情を引っ込め、焦った暁景が清音を覗き込みながら揺さぶるが、応える余裕など無かった。

暁景によって穿たれた虚から、今まで注ぎ込まれた暁景の熱情が奔流となって溢れ、清音ごと押し流そうとしている。

何故、どうして？

清音は人々の慈悲によって植えられ、人々の愛情によって生まれた。出逢う者全てが皆等しく愛おしかった。全てが皆同じように清音を愛してくれた。

愛情とは、春の風のように穏やかで静かなものだ。それが全てだ。それだけしか知らない。

なのに、どうして今、この胸に溢れる面影はたった一人の男のものだけなのだろう。

『桜よ、そなたの力をもって、弱く慈悲深き者たちを守るのだ』

曉景は弱くなどない。清音の儚《はかな》い力が無くとも、この乱世を逞しく生き抜くだろう。

清音が守るべきは、我が子にも等しい平村の、弱く慈悲深い者たちなのだ。こうしている間にも、彼らは曉景の兵たちに囲まれ、安寧とは程遠い生活を強いられている。一刻も早く曉景を説得して、帰らなければならないのに。

「どうして…？」

口をついて出た声は、途方に暮れた幼子のようだった。さっきから視界が妙に歪むせいで、はっと目を見開く曉景がやけにぼやけている。

「清音、お前…泣いて…」

「どうしてなのですか？　私はどうして、貴方のことばかり考えてしまうのですか？　貴方を思うと、胸が引き絞られるように痛むのですか？」

「き…よね、それは、まさか」

曉景の声が弾んでいる理由も、己の眦《まなじり》からとめどなく涙が零れる理由も、清音にはわからなかった。

暁景と共に過ごしていると、わからないこと、初めてのことばかりだ。精霊として生きてきた三百年間の知識も経験も、何の役にも立たない。

「貴方に側室を勧めて欲しいと言われた時…貴方や鷺丸に愛する者が増えるのは良いことだと、確かに思ったのです。でも、貴方が他の者に、私にするように熱を注ぐのだと思うと、苦しくて…どうしようも、なくて…っ」

吐露した瞬間、身の内で生じた熱が炎に変化した。炎はまだ荒れ狂っている奔流に飲み込まれ、火焔《かえん》の渦となって清音を焼き焦がす。

「苦しい…熱い、わからない…知らない、私は、こんなのは知らない…！」

なんとか逃れようともがけばもがくほど、炎は清音に纏わりつく。

もしかしたら、たった一人の男だけに気を取られ、使命を果たしていない清音に天が罰を下しているのかもしれない。

このまま燃やし尽くされてしまうのかと本気で危惧した時、炎は嘘のようにぱっと消え失《う》せた。代わりに清音を包むのは、炎よりも熱く猛々《たけだけ》しい、けれど不思議と心地好《よ》い二本の腕だ。

「それは…嫉妬《しっと》と言うのだ、清音」

「嫉妬…？」

嬉しそうに告げられたのは初めて聞く言葉で、清音はぽかんと暁景を見上げた。ぱちぱちと瞬きをした拍子に転がり落ちた涙の粒は、暁景が舌で愛しげに拭ってくれる。

「愛しく思う者が他の者と仲睦《なかむつ》まじくしていると、心に生じる苛立ちのことだ。俺はいつでも、お前に優しくされる者どもに対して抱いているが…お前は初めてだったのか？」

こくりと頷くと、暁景はひときわ強く清音を抱き締め、そのまま仰向けに倒れ込んだ。清音の下敷きになった逞しい腹筋が、ふるふると振動している。

「そう…か。俺が、初めてだったのか。そうか…そうか、ははっ…」

「暁景…？　どうして喜ぶのですか？」

さっきまで清音を支配していた感情が暁景のそれと同じなら、嫉妬というのは決して良いものではないはずだ。暁景はその嫉妬のあまり、田村を斬り、罪の無い娘たちにまで傷を負わせるところだったのだから。

清音が眉を顰めても、暁景の笑みは深くなる一方だ。剝き出しの清音の細い肩や鎖骨の周辺を何度も啄《ついば》み、赤い痕《あと》を刻んでいく。音をたてて柔な皮膚を吸われる度、暁景の中から迸る歓喜が清音にまで流れ込む。

「これが喜ばずにいられるか。俺はずっと、ずっと求めていたのだ」

「あ…っ」

無防備に晒されていた尻のあわいに、節ばった指がずぬりと入ってくる。

ついさっきまでもっと太いものを銜《くわ》えていた蕾は、すぐさま指が二本に増やされても容易く受け容れた。

清音は小さく喘ぎながら暁景の指を追い出そうと蕾に力を入れるが、それは逆効果だ。胎内に留まっていた精が掻き混ぜられ、ごぷごぷと泡立ちながら更に奥へ流れ込む。

「や、だ、駄目…です、それ、駄目…っ」

「お前はいつもそうだな。俺の精はそんなに美味《うま》いか？」

「…ち、がう…私の中、暁景でいっぱいになって…私じゃない私に、なってしまいそうで…怖い、怖いんです…だから…」

これ以上、中で出さないで。清音に暁景を孕ませないで。

震えながら懇願したとたん、からかいの滲んでいた暁景の表情は獣めいたそれに取って変わった。

何故、と疑問に思う間も無く身体を持ち上げられ、そそり立つ一物の上に落とされる。

「あ…っあ、あああぁっ……！」

注ぎ込まれていた精の助けを借り、一物は一気に清音の胎内を満たした。

根元までぎっちりと清音の中に入り込みながら、太い切っ先はそれだけではまだ足りないとばかりに隘路《あいろ》を切り開き、更に奥を目指す。

「あひっ、あ、駄目、入って…はいって、きちゃ…っ」

ただでさえ奥まで入り込んでいた精がもっと深い場所へ押し込まれ、熱い一物と共に清音を内側から焼く。そこへ暁景の思いのたけが滲んだ精が染み込み、清音を今までとは違う何かに変えていく。

「いくらでも注いでやる。…いくらでも、孕ませてやる」

「ぁ…、あ、あん、ああっ」

「だから、俺の腕の中で生まれ変われ…慈悲深い精霊ではない、俺だけのものに…」

暁景の囁きに反応し、胎内がもっともっととばかりに一物に喰らいつく。暁景が放つ熱を、その激情ごと吸い取りたいと蠢《うごめ》く。

初めて貫かれた時、真夏の太陽にも似た人の熱さにただただ圧倒され、慄いていたのが嘘のようだ。

もっと欲しい。村人たちがくれる穏やかな愛情ではなく、この身を焼いて変化させるほどの熱情が。

使命を忘れ、罪深いとは思っても止まらない。

或いはこれも、人の愛情から生まれた清音の性なのだろうか。圧倒的なまでに強い愛情には惹かれずにはいられない。初めてこの黒い双眸を目の当たりにした時、あれほど胸が震えたのは、暁景が宿す熱を感じ取っていたからかもしれない。

「ああっ、暁景…、暁景…」

きつく一物を締め上げ、上擦った声で呼ぶ度に、暁景は逞しい腰を激しく打ち付けてくる。欲しくてたまらない熱が、清音の中に流れ込んでくる。

初めて己から暁景の首筋にしがみつき、清音は長い間甘い声を上げ続けた。

田村は辛うじて命を取り止めたものの、老齢ということもあり、二度と戦場には立てないだろうと診断された。

暁景の仕打ちは側室候補たちに対するものも含め、あっという間に城中に知れ渡った。世継ぎが鷺丸一人だけしか居ないことは、暁景を主君と仰ぐ家臣たちにとっては最大の懸念だ。田村が首尾良く行けば己も縁者を側室に上げようと画策する者も居たが、殆どが断念してしまった。

いくら側室の存在意義が子を産むことにあるとはいえ、あそこまで清音への執着を露にされてしまえば、側室となる娘があまりに哀れというものだ。子が生まれたところで、清音がその子を嫌うようであれば、暁景にも疎まれ、不遇の存在に成り果ててしまう。

今回の一件は暁景の苛烈《かれつ》さと、清音への深すぎる寵愛を家臣たちに改めて知らしめた。

清音が現れてからというもの、鷺丸と打ち解け、周囲への当たりも柔らかくなったせいで、家臣たちはすっかり忘れていたのだ。忌まれる血を持つせいで義父から命を狙われ続け、不遇の日々を送っていた暁景が、鬼と呼ばれる存在であることを。

「…以来、城内では新たな側室の類は禁句となってしまいました。殿が亡きご正室様よりも重く扱われ、鷺丸様が実の母上のように慕われるので、今や清音の方様はご正室も同然だというのが皆の共通した認識です。中には、清音の方様に貢物をする者まで出る始末」

「ほほう…」

興味津々《しんしん》で報告を聞いていた頼直は、脇息《きょうそく》にもたれかかってにんまりした。

頼直は今、義兄の暗殺を企てた罪で城下の寺に預けられ、謹慎を強いられている。

快適とはほど遠い庫裏《くり》の一室に閉じ込められ、出来ることといえば写経か僧の説法を聞くらいだ。亡き父親と母親に思い切り甘やかされ、我慢というものを知らない頼直には厳しすぎる生活だった。

守り役の熊谷《くまがい》は暁景の温情に感謝しなくてはと諭すが、そもそもこの辰見国は頼直のものなのだ。亡き父も、鬼束家を正しい血筋に戻してくれと常々言っていた。父の遺言を実現しようとしただけなのに、どうして罰せられなくてはならないのだ。

鬱憤は積もる一方だが、全ての謀《はかりごと》を暴かれてしまった今、頼直には暁景に対抗する術《すべ》は無い。頼直の兵も居館も暁景の監視下に置かれている。

城にはまだ亡き父に恩義を覚え、その実子である頼直に忠誠を誓う家臣が僅かながら残っている。

今、頼直の前に控えている大塚《おおつか》もその一人で、時折こっそりと訪れる大塚から義兄の腑抜けぶりを聞くのは数少ない楽しみの一つだった。しかし今は、別の目的も兼ねている。

「兄上はよほど清音とやらに血道を上げているのだな。あの可愛くない餓鬼まで手懐《てなず》けるとは、一体何者なのだ？　お前、何か知っているか？」

「殿が城に戻られた際、お連れになったとしか…奥御殿の侍女にもそれとなく探りを入れてみましたが、何も知らされていないようです。佐伯殿か妹のかやなら何か知っているかもしれませんが…」

佐伯もその妹も、暁景の随一の近臣だ。殺されても口を割らないだろう。

頼直は顎に手をやり、首を傾《かし》げた。暁景に唯一認められた人の弱味を探り出す才能が、何かあるぞと告げている。

大塚は亡き父に長く仕え、まだそれなりに人脈を保っている。その大塚が探っても何も摑めないのなら、清音の出自は意図的に隠されていると解するべきだ。そして隠す以上、そこには敵に知られてはならない決定的な弱味が潜んでいる。

「兄上は伊東《いとう》に射られた後、伊佐川《いさがわ》に落ちた…」

ひとりごち、頼直はふと思い付いた。

伊佐川の下流には小さいながらも幾つか村がある。毒を受けて流れ着いた暁景を、いずれかの村の者が助け、暁景はそこで清音と出逢ったのではないか。

では、暁景が清音の出自を隠すのは、清音が賤《いや》しい身分の者だからか？

いや、暁景はたかが身分など歯牙にもかけないだろう。清音が男子だということすら、秘されていないのだから。

「…大塚。伊佐川の下流を調べ、清音という者が居た村を探り出せ。あの器量に、あの目立つ髪だ。虱潰《しらみつぶ》しにすれば必ず見付かるだろう」

「は…、ですが一体、何のために…」

「あの側室の弱味を掴み、暴露してやるのだ」

　暁景があそこまで隠そうとするくらいだ。公にされれば清音を傍に置いておけなくなるほどの事情があるのだろう。

　清音が消えれば、暁景は消沈し、ますます腑抜けになるに違いない。そこを突いて攻めれば、いかに鬼と恐れられる暁景とてひとたまりも無いはずだ。

「しかし頼直様、殿を攻めたてようにも兵が足りません。頼直様の配下は皆殿の監視下にありますし、私や熊谷殿たちの兵を合わせても、到底殿の軍勢には及ばないかと」

　悔しげに歯を軋《きし》ませる大塚に、頼直はにやりと笑い、一通の書状を渡した。書状を読み進めるにつれ、大塚の顔は驚愕に染まっていく。

「これは…！」

「桜見の国主、神門義彰《よしあき》殿からだ。先日、桜見国の忍《しのび》が密かに届けてくれた。…どうだ、心強い話ではないか」

　元々、兄と妹との間に生まれた甥《おい》を心底疎んでいた義彰だが、春日部国攻略のための援軍を拒まれたことで、暁景に対する怒りは決定的になったらしい。義彰は頼直に、兵を貸し与えるゆえ暁景を討てと密かに持ち掛けてきたのだ。

古来、堅固な主従関係で結ばれていた神門家と鬼束家を、忌み子の鬼が断絶させようとしている。両家を本来あるべき自然な姿に戻せるのは正しい血筋の主である頼直だけだと書状で矜持《きょうじ》をくすぐられ、頼直はすっかりその気になっていた。

「桜見の手助けがあれば、居館もすぐに取り戻せる。私が前面から竜岡《たつおか》城を攻めている間に、桜見が後背を突くのだ。全面を囲まれてしまえば、籠城に持ち込もうと長くは持たぬ」

「なるほど…承知いたしました。すぐにでも手の者を放ちましょう」

心得顔で大塚が去ると、入れ違いに守り役の熊谷が入って来た。渋い表情の守り役が口を開く前に、頼直は虫でも追い払うかのように手を振る。

「ああ、爺《じい》の言いたいことくらいわかっておるわ。兄上の温情を裏切るような真似《まね》はするなというのだろう？」

「それがおわかりならば、何故桜見の甘言に乗ったりなさるのです。桜見は決して頼直様の御《お》為《ため》など思うてはおりませんぞ」

頼直とて、義彰の魂胆くらい承知している。

頼直に恩を売り、頼直が鬼束家の当主となった暁には、かつてのように従属させようというのだろう。そうなればこの辰見国は再び桜見国の下僕と成り下がり、父や祖父の苦心は水泡に帰す。

「だが、それがなんだというのだ？　鬼束家の正統なる後継者はこの私で、引いては辰見国も私のものなのだ」

「頼直様…」

「私は全てをあるべき姿に戻そうとしているだけだ。それのどこがいけないのだ！」

きつく拳《こぶし》を握り締める己が、守り役の老臣の目に駄々をこねる幼子のように映っていることに、頼直は気付かない。

「……わかりました。頼直様がそこまで仰るなら…この爺も、最期までお供いたします」

熊谷は深い溜息をつき、項垂れるように頭を下げた。


田村《たむら》の一件で騒然となった竜岡城《たつおかじょう》は、暫《しばら》くすると俄《にわ》かに華やかな空気に包まれた。

鷺丸《さぎまる》と春日部国《かすかべこく》の姫との婚約が発表されたのだ。二人ともまだ幼いため、本当の夫婦《めおと》となるのは先のことだが、姫の輿入《こしい》れは来年と定められている。

春日部国は桜見国《おうみこく》を挟んだ北に位置する大国である。桜見国との関係が不穏な今、春日部国との同盟は心強いものであった。桜見国が辰見国《たつみのこく》に攻め込んできた場合、春日部国が後背を突けば挟み撃ちに出来る。逆に春日部国が攻め込まれた場合も同様だ。

家臣たちはこぞって鷺丸の婚約を祝福し、奥御殿には続々と祝いの品々が運び込まれている。その中には何故か清音《きよね》宛ての贈り物が紛れ込んでおり、清音は首を傾《かし》げてしまう。

「鷺丸や姫ではなく、どうして私に…?」

思わず呟《つぶや》くと、侍女たちに指示を出していたかやが振り向いて苦笑した。

「当たり前のことです。清音の方様は今や殿のご正室も同然なのですから」

暁景《としかげ》に新たな側室を勧める者は居なくなった。それは清音も予想した通りなのだが、あの一件以来、家臣たちは清音を今までよりも遥《はる》かに恭しく扱うようになった。

鷺丸に連れられて表御殿を散策する間に遭遇すれば、道を譲られた挙句平伏される。暁景に何か献上する際には、清音にも必ず贈り物をする。かやが言う通り、ただの側室ではなく正室の扱いだ。

田村が斬られたのも、側室候補の娘たちが心に傷を負ったのも、原因は清音にある。責められ、詰《なじ》られても仕方無いと思っていただけに、清音は戸惑うばかりだ。

「きっと皆、わかったんだ。父上には、清音がいなければだめだって」

文机《ふづくえ》に向かっていた鷺丸が筆を休め、清音の膝にずるずるともたれかかった。

鷺丸の居室はきちんと別にあるのだが、春日部国の姫との婚約が決まってからというものの、修練や講義の時間以外は殆《ほとん》どこうして清音の元で過ごしているのだ。

「皆が言っている。清音がいるときの父上は仏だけど、清音がいなくなると鬼になるって…わたしも、そう思う」

鷺丸の言葉に、かやも頷《うなず》く。

「清音の方様がご正室として扱われるようになってから、殿はいたくご満足の様子で、政務にも益々《ますます》励んでいらっしゃると兄から聞いております。中には、田村様の一件は良い切っ掛けになったのではと申す者まで居る始末で…あ、申し訳ございません」

清音が表情を曇らせたのを見て、かやは慌てて口を閉ざした。

田村は命を取り止め、側室候補の娘たちも親元で順調に回復しているそうだが、それで清音の罪が消えるわけではない。

人々を見守るために植えられた清音が、結果的に人々を傷付けてしまっているのだ。未《いま》だに村に帰ることも叶《かな》わず、何と罪深いのだろう。

けれど、最も罪深いのは——。

「…また入り浸っているのか、鷺丸」

眉を顰《ひそ》めた曉景が現れると、かやや侍女たちは顔を見合わせ、心得たように引き上げていった。最近の奥御殿では、曉景と鷺丸と清音の水入らずの時間を邪魔してはならないというのが常識になりつつある。

「姫への返事は…なんだ、まだ少しも書けていないではないか。休んでなどいないで早く書け」

暁景は文机からさっきまで鷺丸が筆を走らせていた紙を摘《つま》み上げ、かざして見せる。幼子にしては流麗な文字で綴《つづ》られた文章は、まだほんの数行しか記されていない。

先日、春日部国からの使者が当主からの書状を持って来たのだが、その際、姫が鷺丸に宛てて書いたという手紙も添えられていたのだ。

鷺丸よりも幼い姫は政略結婚という言葉も知らず、まだ見ぬ婚約者に夢を募らせているらしい。清音も鷺丸に読ませてもらったが、幼いながらも少女らしく可愛《かわい》らしい文面が綴られていた。

使者は明日城を発《た》つので、それまでに返事を書いて託さなければならず、鷺丸は朝からずっと筆を手に唸《うな》り続けているのだ。

「そのようなことを言われても…なにを書いたらいいのか、わからないのです」

弱り果てた鷺丸を、暁景は鼻で笑う。

「ならば、侍女にでも代筆させれば良い。女子の喜びそうなことを適当に書いてくれるだろう」

「それでは姫がかわいそうではありませんか。わたしにくれた手紙には、わたしが返事を書かなくては…清音もそう思うだろ?」

ぐりぐりと後ろ頭を膝に押し付けながら問われ、清音は小さな額を優しく撫《な》でてやった。

「そうですね。鷺丸が心をこめて書いた手紙を読めば、姫もきっと喜ぶでしょう。鷺丸は優しい、良い子ですね」

「へへへっ」

鷺丸はにこにこしているのに、その父親は何故か顰《しか》め面をしている。どうしたのだろうと首を傾げる清音は、鷺丸が清音からは見えない角度で曉景ににやりと笑いかけていることには気付かない。

曉景はしゃがみこむと、清音の膝から鷺丸をおもむろに退《ど》かし、代わりに己の頭を乗せてしまう。先日初めて経験した膝枕を殊《こと》の外気に入ったらしく、あれから頻繁《ひんぱん》にせがんでくるようになった。

「な、なにをするのですか、父上！」

「ここは父の場所だと言っただろう。休憩は終わりだ。戻って手紙を書き上げろ」

鷺丸は暫く悔しげに曉景を睨《にら》んでいたが、時間が無いのは自覚しているのか、渋々居室に引き上げて行った。清音には、書き上げたら見せに来るからとしっかり言い添えて。

我が子を見送る曉景の瞳は柔らかい。清音が来たばかりの頃とはまるで違う父親らしい眼差《まなざ》しに、自然と口元が綻《ほころ》ぶ。

「…どうした?」

問い掛けてくる声音も、伸ばされる手も穏やかで優しい。

清音は頬に触れてくる手に己の手を重ねた。

「曉景が鷺丸と仲良くなったのが嬉《うれ》しかったんです」

「…そうか？　以前の鷺丸は、俺には一切口答えなどしなかったぞ。むしろ悪化しているような気がするがな」

「私には、充分仲の良い親子に見えますよ」

くすくすと笑うと、曉景は眩《まぶ》しいものでも見るかのように目を細める。その目に見詰められると、胸に空いた虚《うろ》がちくりと痛み、視界から曉景以外の全てが消え失《う》せてしまう。

「清音…」

曉景が身を起こし、ゆっくりと顔を傾けて唇を重ねてくる。そのまま体重をかけられ、清音は抗《あらが》わずに力を抜いた。

唇を重ねられたまま、畳に押し倒される。

常であればすぐさま着物を剝《は》がされ、情熱的な愛撫《あいぶ》が始まるのだが、まだ政務が残っているのだろう。存分に唇を貪《むさぼ》った後、曉景は横たわったまま清音を抱き締め、それ以上手を出そうとはしない。ただ清音の温《ぬく》もりで疲労を癒《いや》したいのだ。

重ねられた肌から伝わる曉景の生気が、いつもより少しだけ弱々しい。清音は曉景の背中に腕を回し、脚を絡めて温もりを分け与える。

曉景は清音の髪を梳《す》きやり、ぼそりと呟いた。

「…何か喋《しゃべ》れ」

「え…ですが、少し眠った方が良いのでは?」

「眠るよりも…お前の声を、聞いていたい」

暁景が何度もねだるので、清音はぱっと思い付いた話題を口にした。

「そういえば…鷺丸が春日部の姫との婚約を冷静に受け入れていたので驚きました。鷺丸も姫も、まだあんなに幼いのに」

「武家に生まれた者は皆、そのように育てられるからな。俺も八歳で室と婚約し、十二歳で祝言を挙げた。それに比べれば鷺丸は確かに早いが、早すぎるというほどでもない」

「ご正室…」

身体《からだ》が僅《わず》かに強張《こわば》ったのが、密着した男には伝わったのだろう。どうした、と視線で問いかけてくる。

「…亡きご正室は、どのような御方だったのかと…」

「お前がそのようなことを聞くのは珍しいな。…妬《や》いているのか?」

にやにやとからかうような色を帯びる瞳から、清音はぷいっと顔を逸《そ》らす。

「わかりません。…ただ、亡きご正室が暁景と睦《むつ》まじく過ごしたのだと思うと、胸が痛んでならないのです」

本当はわかっていた。これはあの側室候補たちに覚えたのと同じ感情…嫉妬《しっと》だ。

初めて嫉妬という感情を知った日から、清音は毎日のようにこの感情に振り回されていた。

同盟のため、幼い鷺丸が婚約したくらいだ。まだ若い暁景にも、いつかまた新たな正室や側室を宛がおうという話が持ち上がる可能性は充分にある。

暁景が拒もうと、鬼束《おにづか》家のため、辰見国のために受け入れざるをえないことはあるだろう。

美しい姫と暁景が並んだ姿を想像すると、覚えたばかりの嫉妬がぐるぐると身の内を回るのだ。

いつか現れるかもしれない女性に対してだけでなく、亡き正室にまで嫉妬してしまうなんて、どうかしている。彼女は暁景の妻であり、鷺丸の母なのに。

「そうか、そうか。妬いているのか」

暁景は実に嬉しそうに口付けを降らせてくる。清音が嫉妬をしたと知ったあの日から、いつもこれだ。清音が慣れない感情に戸惑う様が、嬉しくて仕方無いらしい。

悶々《もんもん》とする清音に構わず暫く笑い続けていた暁景は、ふと笑いを収め、清音を抱えて横臥《おうが》した。

「暁景…？」

「…室は、鬼束家の縁戚に当たる女だった。俺に縁戚を宛がうことで、せめて次代には僅かなりとも鬼束の血を入れようと義父が考えたらしい。まあ、その一方で俺を殺し、頼直《よりなお》を後継に据《す》えようとする努力も怠らなかったわけだが」

あっけらかんとした口調は、義父に命を狙《ねら》われるのが特別なことではなく、日常だったのだということ証拠だ。

そんな夫を間近に見続ければ、亡き正室はさぞや心を痛めたのではないか。清音なら心配のあまり身も心も細ってしまうだろう。

清音の感想に、暁景は苦笑する。

「あれはそのような女ではなかった。忌《い》み子の鬼である俺に嫁いだことを死ぬまで嘆き、いっそ俺が殺されてしまえば自由になれるのにと言っていたな」

「そんな…」

「だが、相子《あいこ》というものだ。俺もまた、あれを子を産むための道具としか思っていなかった。一度として愛《いと》しいとは思わなかったのだから」

その時湧き上がったのは、暁景に対する憐憫《れんびん》と、そして僅かな歓喜だった。暁景が亡き正室を愛していなかったことを、清音は確かに嬉しく感じている。

これもまた、嫉妬という感情の為《な》せる業なのだろうか。

戸惑う清音の心を見透かしたように暁景は笑い、清音の顔を己の胸に押し付けた。

「あれが死んでも、母を亡くした鷺丸を哀れには思ったが、悲しくはなかった。良い思い出など一つも無い。…だが、今は感謝している。あれが鷺丸を産んでくれたおかげで、お前だけとこうしていられる」

とくんとくんと暁景の鼓動が伝わってくる。人を模しただけの清音と違い、熱い血潮を生み出すそれは暁景その人を表すかのように力強い。

「お前しか欲しくない。ずっとお前だけとこうしていたい。こんなことを思ったのはお前が初めてで、きっと最後だ」

「暁景、私は」

「わかっている。お前は村人たちのためにここに居るのだろう？　…ならば、村から兵を引き上げさせる。その上で、村がどのような脅威からも守られるよう、俺が差配しよう。お前が望むなら、村の者全てを城下に住まわせてもいい。だから…」

清音を抱き締める腕に、ぎゅっと力がこめられた。

「ここに居てくれ。村人どものためではなく、俺のために…ずっとこうして、俺を温めて愛してくれ…」

縋《すが》り付く腕の力強さとは反対に、その声は酷《ひど》く弱々しい。使命も何も忘れ、抱き締めてやりたくなるほどに。

暁景は清音が居れば仏になり、居なければ鬼になる。鷺丸から伝え聞いた家臣たちの言葉が、俄かに現実味を帯びた。清音を城へ攫《さら》うために村人たちを武力で脅かし、激情のままに振る舞ってきた男が、こんなことを言うなんて。

息苦しいほどの抱擁《ほうよう》の中で、清音は暁景によって穿《うが》たれた胸の虚がしくしくと痛むのを感じていた。

罪深い…本当に、何て罪深いのだろう。

清音は今、暁景の恋着を喜んでしまっている。

今まで誰をも等しく愛してきた…誰も特別に思ってこなかった己が、たった一人の男に心を占領されている。

高潔な僧侶だったという高慧《こうけい》が今の清音を見たら、きっと怒り、嘆くだろう。

…でも私は…それでも私は、この男を……。

――ビキッ。

暁景の背中に腕を回そうとした瞬間、不自然に乾いた音が身の内で響いた。

「えっ……?」

己を構築していたものがばらばらと崩れ、留《とど》めようとしても止まらない。清音の霊力を留めていた器に大きな穴が空き、どんどん流れ出てしまっているのだ。

「清音…!? その姿は…どうした、何があったのだ!」

弾《はじ》かれたように身を起こした暁景の腕も、清音を留めておくことは叶わなかった。

己の腕を水か煙でもあるかのように透過していった清音を、暁景は驚愕《きょうがく》も露《あらわ》に見下ろす。

がくがくと揺さぶろうにも、暁景が摑《つか》めるのは清音が纏《まと》っている衣だけだ。

「清音…しっかりしろ、清音!」

悲鳴のような呼び掛けに応える余裕は無かった。すさまじい勢いで何かが清音を引き寄せていて、実体を保つことすら出来ないのだ。揺れる視界に映る己の手は、畳の目が透けて見える。

『いいぞ！　もっとやれ！』

ここではない場所から、覚えのある声が聞こえる。

清音は意識を本体たる桜の木に飛ばし、異常の原因を悟った。

暗闇の中、松明《たいまつ》を手にした男たちが数人がかりで桜の木に斧《おの》を振り下ろしている。樹齢三百年を超える太い幹には大きな断裂が入り、倒れるのは時間の問題である。

本体が損なわれたことにより霊力が流れ出て、人の姿を取れなくなっているのだ。このまま木が倒れてしまえば、意識すら保てなくなり、清音という存在は消滅する。それは樹木に宿る精霊の避けられない定めだ。

「清音！　清音！　すぐに薬師を呼ぶ…少しの辛抱だ、だから、だから…」

鬼と恐れられる男は、清音が人ならざる存在だということを忘れてしまったのだろうか。幼子のように首を振り、触れられない手をなんとか繋《つな》ぎとめようと、何度も何度も摑もうとする。

『もうすぐだ…もうすぐ兄上に一泡噴かせてやれるぞ…！』

その間にも作業は進み、桜の木はついにぐらぐらと傾ぎ始めた。清音に残された時間はほんの少しだ。

精霊は消滅を恐れはしない。人の死と違い、消滅した精霊は母たる大地に吸収され、大地そのものとなって生き続けるからだ。

己の本体を切り倒そうとしている者たちにも、何の恨みも湧かない。形あるものはいつか消えゆくのが定めであり、その時が早まっただけだ。

けれど今、清音を支配しているのは、ありえないはずの恐怖だった。

……もし清音が消滅したら、暁景はどうなるのだろうか。

清音が笑ったと言っては喜び、嫉妬したと言っては喜ぶ鬼は、どうなってしまうのだろうか。どれだけ嘆き悲しんでも、数多《あまた》の民を背負う暁景は生き続けなければならない。時が経《た》てば、雄々しく逞《たくま》しい国主の傍《そば》に上がりたいと願う娘もまた現れるだろう。鷺丸もとても優しい子だ。新たな側室と生まれてくるかもしれない新しい命と共に、きっと幸せな家族になれる。

そうであって欲しいと願うのに、頭に浮かんでくるのは何故か、草一本無い荒野で叫喚する血塗《ちまみ》れの悲しい鬼の姿なのだ。

「駄目だ、俺を置いて行くな！　許さない…許さないぞ、清音！」

…駄目、泣かないで。

お願いだから悲しまないで…逝けなくなってしまうから。

紡いだはずの言葉は声にはならず、暁景には伝わらない。この男を泣かせたくない…いつでも一緒に居て、笑っていて欲しいのに。

力を振り絞って声を出そうとした瞬間、決定的な音が響く。

——ミシミシッ…ドウッ…。

「あ…、ああ、あああああっ…！」

暁景を呼ぼうとした口から、断末魔の絶叫が迸《ほとばし》った。

「殿、いかがされました⁉」

異変を察知したかやが駆け付けた時、暁景は一揃《ひとそろ》いの着物を手に、呆然《ぼうぜん》と膝を突いていた。

「清音……？」

清音に似合うだろうと誂《あつら》えさせた打掛も、襦袢《じゅばん》も小袖も帯も、清音が纏っていたままの形でここにある。

ただ清音だけが居ない。消えてしまったのだ——暁景の目の前で、悲鳴を上げながら。

「殿？　そのお着物は…清音の方様はいかがなされたのですか？　…ヒッ！」

ゆらりと立ち上がり、振り向いたとたん、かやは幽鬼にでも遭遇したかのように仰《の》け反った。

奥御殿の侍女たちから憧れを集める凛々《りり》しい女武者が、暁景を前に震えを止められずにいる。

暁景は最早《もはや》かやには目もくれず、清音の着物一式を抱いたまま足音荒く表御殿を目指した。

擦《す》れ違った侍女や家臣たちが飛び上がって道を譲り、震えながら平伏する。

「佐伯《さえき》っ！　佐伯は居るか⁉」

「はっ、ここに」

夜中というのに、きちんと直垂《ひたたれ》を纏った佐伯が曉景の足元に跪《ひざまず》いた。佐伯は城内に一室を与えられ、事あらばすぐ応じられるよう控えているのだ。

「平村《たいらむら》に参る。案内せよ」

「…承知いたしました。すぐ馬の準備をさせましょう」

勘のいい佐伯は、曉景の手にある華やかな着物から事情を薄々察したらしい。こんな夜中に何故とは一言も問わず、曉景の命に従う。

幸い今宵《こよい》は満月で、白々とした月の光が地上を照らしていた。

「…清音が消えた」

平村に続く間道を行く道中、曉景が馬上で手短に顚末《てんまつ》を説明すると、佐伯は険しい顔で唸った。

「清音の方様が、ご自分の意志で姿を消されたというわけではないようですね。だとすれば、やはり…」

「――待て。誰か来る」

微《かす》かにだが、遠くから馬蹄《ばてい》の音が聞こえたのだ。佐伯と馬を並べて待つこと暫《しば》し、一騎の武者が平村の方面から現れる。

「もしや…そこにおわすのは、殿⁉」

全身に手傷を負い、警戒も露に太刀を抜こうとした武者は、曉景の姿を確認すると慌てて下馬した。間近で見下ろした顔には覚えがある。佐伯の配下で、村人の監視のため平村に派遣した一人だ。

「…村で、何があった」

嫌な予感が確信に変わるのを感じながら問えば、武者はがばりと頭を下げる。

「頼直様が桜見の軍勢を率いて現れました…！」


無残に切り倒された桜の大木を前に、頼直はこみ上げる笑いを隠せずにいた。

「ははは…はははははっ！　兄上は今頃、どんな腑抜《ふぬ》けた顔をなさっておいでかのう！」

大塚《おおつか》に調べさせたところ、思いがけない発見があった。

伊佐川《いさがわ》の下流にある小さな村に、二十名近くの武士が駐屯しているというのだ。しかもそれは暁景に仕える佐伯の兵であり、暁景の命によるのは間違い無い。

頼直は神門《みかど》家から借り受けた忍《しのび》を村に潜り込ませ、厳重な警護の理由を摑んだ。

何と、あの清音という側室は村の守り神たる桜の木の精霊なのだという。俄かには信じ難い話だが、村人全員が同じように口を揃えたというし、あの鬼のような義兄を誑《たら》し込んだのが人ではないとすればむしろ納得出来る。化け物同士、惹《ひ》かれ合ったのだろう。

鷺丸と春日部国の姫の婚約に桜見は危機感を抱き、予定よりも早く千の兵を貸し与えてくれていた。桜見と友好関係にある西の斎賀国《さいがこく》を経由したから、さしもの暁景も桜見の動きには気付かなかったようだ。

ついさっき辰見国に到着したばかりの桜見の軍勢は、頼直を謹慎先の寺から救い出しただけでなく、頼直の求めに応じて平村を襲撃してくれた。

暁景の兵も果敢に応戦したが、完全に不意を突かれた上、多勢に無勢だ。あっという間に勝負はつき、頼直は目的を達成した。事前に村人たちが騒ぎを起こし、暁景の兵たちの注意を引き付けていたのも大きかったただろう。

「は…、話が違うではありませぬか…！」

へたりこみ、涙ながらに抗議する老人はこの村の長だ。

「あんた方が清音様を解放してくれると言うから、わしらは協力したのですぞ！　なのに何故こんな…こんな…！」

「嘘《うそ》をついたわけではない。今頃、兄上の元から消えて、自由になっているだろうよ」

鼻先で笑われ、村長の老人はとうとう泣き崩れた。他の村人たちも、呆然自失の体でかつての守り神の成れの果てを見詰めている。

「これで良かったのでしょうか…いくら戦《いくさ》のためとはいえ、このような…」

隣に控えた熊谷《くまがい》が怯《おび》えたように呟くのは、木が倒れる瞬間、悲痛な悲鳴を上げたからだろう。ただの木にはありえない現象に、熊谷だけでなく他の者までもが慄《おのの》いている。

殊に桜を国の名に戴《いただ》き、神聖視している桜見国の兵たちは、さっきから祟《たた》りがあるのではと不安そうに噂《うわさ》していた。

「馬鹿馬鹿しい…鬼束の家の正統なる後継者たるこの私に、神仏の加護がありこそすれ、祟りなどあるものか」

「頼直様…」

「いつまでもこんな所には居られぬ。行くぞ、爺《じい》」

圧倒的な勝利を収めたものの、隙《すき》をついて何人かに逃げられてしまった。彼らが無事城に辿《たど》り着けば、このことはすぐ曉景の耳に入るだろう。曉景に準備の間を与えず、攻め入らなければならない。

もうすぐだ。もうすぐ、頼直から当主の座を奪った憎い義兄に吠《ほ》え面をかかせてやれるのだ。亡き父もきっと喜んでくれよう。

村を取り囲んでいた兵たちを率い、頼直は勝利を確信しながら己の居館に帰還した。


夢中で馬を駆り、ようやく到着した村は散々たる有様だった。

踏み荒らされた田畑のそこかしこに佐伯配下の兵たちが骸《むくろ》を晒《さら》し、充満した血の臭いに村の幼子たちが泣き喚《わめ》いている。清音と共に歩いたあの平和で穏やかな村と同じ場所とは到底思えなかった。

どこで馬を下り、どうやって凄惨な村の中を通り抜けたのか、暁景は覚えていない。ただ、気付いたら目の前に変わり果てた桜の大木があった。

「清音……」

まだ瑞々《みずみず》しい花をつけたままの枝先から、花びらがはらはらと零《こぼ》れ、風に乗って宙に舞い上がる。ひらりと掌《てのひら》に落ちてきた花びらを受け止め、暁景はただ立ち尽くした。

清音が突然消えた時の様子からして、本体たる木に何かあったのではないかと推測したのは正しかったのだ。そしてそれをなしたのは、あの、血の繋がらない義弟――。

「く…くく、くくく、ははははっ…」

怒りが過ぎればおかしくてたまらなくなるのだと、暁景は初めて知った。

暁景本人には手出しを出来ないから、暁景の大切な存在を脅かす…いかにもあの愚かな義弟の考えそうなことだ。もっと愚かなのは、その義弟の陰謀を未然に防げなかった暁景に他ならないが。

「は、はははは っ、ははっ…そうかそうか、そのために…そんなくだらないことのために清音を…俺の清音を…っ」

「と…っ、殿様…」

狂ったように笑う暁景を、木の根元にへたりこんでいた村長の老人が恐々と窺《うかが》う。

村人たちが何をしたのかは、道中に遭遇したあの武者から報告を受けていた。この悲劇を招いた責任の一端は彼らにもあるのだ。それを悟っているからこそ、己の仕出かした罪と暁景の怒りに怯えている。

だが、暁景は最早村人たちには何の関心も無かった。切り倒された木の影に、求めてやまない姿が揺らめくのを見付けたからだ。

「き…清音…！」

倒れ込むように近付くと、清音も目を見開き、こちらに手を伸ばす。

だが清音の姿は陽炎《かげろう》のように揺らめいて定まらず、暁景が何度試みてもこの手に摑むことは叶わない。何かを訴えようと清音が口を開いても、声にはならない。

酷く辛《つら》そうな表情が、痛ましくてもどかしかった。人でいうなら死にかけているも同然なのだ。

痛いだろう、苦しいだろう。けれど暁景は何も出来ない。してやれないのだ。

無力感に苛《さいな》まれた時、何かが暁景に囁《ささや》いた。

——あるだろう？　清音のために、お前だけにしか出来ないことが。

或《あ》いはそれは、暁景の血に潜む鬼なのかもしれなかった。次いで閃《ひらめ》いた名案は、数多の血に彩られていたのだから。

暁景の背後で、息を弾ませた佐伯が膝をついた。佐伯は先程遭遇した武者と共に一旦城へ引き返し、すぐに取って返してきたのだ。

「殿、すぐ城にお戻り下さい。頼直様が挙兵されました。大塚殿、熊谷殿も与《くみ》された上、桜見の兵までもが加わっているとのこと…！」

「…規模は？」

「全軍合わせておよそ二千、うち半数が桜見の兵と思われます」

竜岡城には城郭内の館に住まう家臣たちも含め、常時三百人ほどの兵が詰めている。城下の者たちまで合わせれば五百人にはなろうが、それでも頼直の半分にも満たない。

頼直が求めるものは当主の座、即ち曉景の首だ。脇目もふらずに竜岡城に攻め入ってくるだろう。戦力にこれだけの開きがあれば、難しいと言われている城攻めも成功する可能性は非常に高い。

曉景の全身が小刻みに震え始めた。怖気《おじけ》づいたのではない。歓喜が迸ったからだ。

「清音…待っていろ。俺がすぐ、お前を救ってやる」

さっきよりも更に姿を薄れさせた清音に、睦言のように囁く。

清音はかつて言っていた。己は人の愛情から生まれたのだと。

ならば、消えゆく清音に曉景のこの狂おしいまでの執着を注いでやればいい。生温《なまぬる》い愛情如《ごと》きで清音を生まれさせることが出来るのなら、曉景なら清音を生まれ変わらせてやれるはずだ。

曉景がどれほど清音を愛し、恋着しているのか、これから鬼らしい手段で天と清音に示して

やろう。数多の命を屠《ほふ》り、血を流すことによって。そのための生贄《いけにえ》は、今まさに向こうから暁景の元に飛び込んでこようとしている。

「…まずは二千だ」

暁景は倒れた木から花をつけた小枝を折り、懐に忍ばせた。

踵《きびす》を返そうとすると、清音が首を振りながら透き通った腕で引き止めようとする。懸命に動く唇は、駄目、と刻んでいるように見えた。暁景がしようとしていることを察知し、止めようというのかもしれない。

己を消そうとした者の命をも、この優しい精霊は憐《あわ》れむのだろう。

だが駄目だ。許せるわけがない。さっきまで確かに抱き締めていた愛しい重みと温もりが一瞬にして消え去った時の絶望と激昂《げっこう》を、あの身の程知らずの愚かな義弟に思い知らせてやらなければ気が済まない。

素っ首を落とし、自慢の大軍ごと血の海に沈めてくれよう。汚らわしい裏切り者が、清音のために命を捧《ささ》げられるのだ。その身に余る誉を冥土で誇るがいい。

暁景は不穏な笑みを刻み、最後まで清音へ振り向かずに帰途についた。

途中、佐伯の案内のおかげで頼直の軍に遭遇することもなく、暁景は無事城に帰り着いた。

小姓たちの手を借りて具足を着ける傍ら、佐伯から詳しい状況の報告を受ける。

それによれば、状況は悪いとしか言いようがなかった。桜見国は援軍を断られたことを恨みに思い、頼直に兵を貸しただけではなく、当主の義彰《よしあき》自身も軍を率いて竜岡城に迫りつつあるのだという。

途中、暁景が築かせた支城が暫く足止めをしたものの、圧倒的な戦力差の前にあえなく敗れてしまった。二刻《ふたとき》もすれば義彰軍は城の背面に姿を現すだろう。正面から攻め込む頼直と連動し、挟撃しようというのだ。仮に籠城を決め込まれても、周囲を囲んでしまえば補給が出来なくなり、いずれ城中が干上がる。

更には、頼直が曲がりなりにも鬼束家直系の血を引く唯一の男子ということで、去就に迷う家臣も多かった。

佐伯家を始めとした近臣は別として、代々鬼束家に仕えてきた譜代の家臣たちは、頼直に同調こそせずとも、所領に引き籠《こ》もったまま出陣の要請に応じない。様子を見て、勝者に与するつもりなのだ。

結局、城に結集したのは暁景を明確に支持する近臣たちのみで、暁景自身の兵を合わせても総勢千五百名ほどだ。とてもまともに戦って勝てる数ではない。

誰もが当然のように籠城を勧める中、暁景は決断を下した。

「俺が五百を率い、大手門から打って出る。その間、残りの者たちは搦《から》め手を中心に桜見の兵に応戦しつつ、余裕あらば俺の援護に回れ」

「な…殿⁉」

「みすみす命を落とされるおつもりか⁉」

驚愕する家臣たちを、暁景はじろりと睥睨《へいげい》する。

「籠城したところで待っているのは渇き死にだ。戦ってこそ生きる目がある」

「で、ですが、二千の兵に対したったの五百とは…」

「忘れたのか。俺は人ではない……鬼ぞ」

鬼と低く口にした瞬間、身の内の血がざわざわと騒ぎだす。早く、早くと訴える。

こうしている間にも清音の消滅の時は迫っているだろう。一刻も早く生贄を捧げ、恋着の証《あかし》を示し、清音を生まれ変わらせるのだ。

数多の血をもって命を贖《あがな》う——鬼ならそれが出来るはずだ。

邪魔立てをするのなら、神仏であろうと斬り捨てる。神仏の血を吸えば、暁景の刀は呪詛《じゅそ》を撒《ま》き散らし、幽鬼彷徨《さまよ》う戦場で更に冴《さ》え渡るだろう。

暁景の決意が滲《にじ》み出た凄惨な笑みに、家臣たちはごくりと息を飲む。

清音のための生贄を求め、昂《たかぶ》る暁景の姿は、二本の角を模した脇立もあいまって本物の鬼のように見えているのだろう。

家臣たちの目に、恐れと共にこの殿ならしてのけるかもしれないという希望が灯《とも》る。重たかった空気が払拭《ふっしょく》されたのを感じ、暁景は更に言い募った。

「我こそはと思う武士は俺に付いて来い。手柄を立てれば、引き籠もっておる者どもから所領を取り上げ、代わりに与えよう」

「おおおおっ……！」

　家臣たちは歓喜に顔を輝かせた。辰見国では長い間他国との争いが無く、武勲を立て恩賞を得る機会が絶えていたのだ。

　暁景を支持する近臣は比較的若く、新興の家の者が多い。念願の所領を勝ち取るためならば、命を賭して戦うだろう。

　狙い通り、若く血気盛んな武士たちが次々と暁景に同行を申し出て、その数はすぐ五百以上になった。籠城に回ることになった者たちも、働き次第で存分に恩賞を与えると暁景が明言したため、気力を漲《みなぎ》らせている。

「よく聞け。頼直が当主の座に就けば、恩を売った神門家は当然のように辰見国に介入し下僕の如く扱うだろう。それだけは決して許してはならぬ」

　暁景の言葉に、家臣たちは神妙に頷《うなず》いている。辰見国の武士ならば、祖先には必ず神門家の捨て駒として死んでいった者がおり、その悲劇を幼い頃から聞かされているのだ。

　それは頼直も同じはずなのだが、暁景から当主の座を奪うということによほど目が眩《くら》んでいるのだろう。義彰が頼直を当主に望むのは、頼直の方が暁景よりも遥かに扱いやすいからだということに気付いていない。

「我らの手で、我らの故郷を守るのだ。行くぞ！」

暁景の力強い宣言に、家臣たちは拳《こぶし》を突き上げ、鬨《とき》の声を上げた。

武勲を挙げ、故郷を守るのだという意欲に燃えている武士たちは、頼もしい主君の真実の胸の裡《うち》など知るよしも無い。

……もうすぐだ、清音。

愛馬に跨《またが》りながら、鎧《よろい》直垂の下に忍ばせた桜の小枝にそっと触れる。

清音は切り倒された本体に呪縛されて動けないようだったが、きっとどこかから見ていてくれるはずだ。

——暁景が数多の生贄を捧げる様を。

嘆けばいい。悲しめばいい。己のせいで人が死ぬのだと慟哭《どうこく》すればいい。その悲嘆すら清音をこの世に繋ぎ止める枷《かせ》になるだろう。

もう、どう思われようと構わない。詰られ、憎まれてもいい。ただ、傍に居てくれるのならば。

もう一度あの声を聞き、あの優しく温かい身体を抱き締めるために、これから暁景は鬼になるのだ。

「…頼直様、お逃げ下さい！　ここはこの爺が食い止めますゆえ、どうか…！」

荒い息を吐きながら叫ぶ熊谷の槍《やり》が、血に赤く染まっている。

戦が始まった時は百名以上が頼直を守っていたのに、今この本陣で武器を振るっているのはこの老武士と僅か十数名だけだった。

他の者たちは押し寄せる暁景の軍勢に向かって打って出たか、或いは逃亡したか。おそらくは後者が圧倒的多数だろう。頼直の副官として控えていた大塚の姿も、何時《いっ》の間にか忽然《こつぜん》と消えている。

轟《とどろ》く鬨の声を、頼直は信じられない思いで聞いていた。

籠城を決め込むとばかり思っていた暁景は、精鋭を率いて打って出た。後背から城を突くはずの桜見国の軍の到着まではまだ暫しあったが、頼直は落ち着いて構えていた。暁景の手勢はせいぜい五百だ。まともにぶつかれば負けるはずがない。

だが、暁景率いる軍勢は圧倒的多数の兵を蹴散《けち》らし、怒濤《どとう》の勢いで頼直の本陣目指して攻め上がった。

破竹の進撃の元となったのは、馬上で勇ましく槍や太刀を振るう暁景の存在だ。雲霞《うんか》の如く攻め寄せる敵にも全く怯まず、数多の攻撃を受けながら手傷の一つも負わずに奮戦する暁景は、味方にとっては頼もしく、敵にとっては鬼そのものだったろう。

頼直の軍勢の半数以上を占めるのは桜見国の兵だ。元々、他国の争いに何故力を貸さなければならないのかと士気が低かったところへ、この思いがけない苦戦である。曉景のすさまじい戦いぶりを目の当たりにした桜見の兵が逃げ出したのを切っ掛けに、戦況は大きく曉景に有利に傾いた。

それから半刻もしないうちにこの有様だ。悪夢としか思えない。

「頼直様、お早く……ぐわあっ！」

頼直の馬を引いてきた熊谷が、もんどりうって倒れた。籠手《こて》の隙間に矢が深々と突き刺さっている。

「じ、爺っ…うわあああっ！」

助け起こそうとした頼直の膝裏を、再び飛来した矢が射抜いた。具足の隙間を正確に射抜く技量の主を、頼直は一人しか知らない。

激痛に苛まれながら振り仰いだ先に、鬼が佇《たたず》んでいた。

「――まだ逃げ出していなかったことだけは誉《ほ》めてやろう。おかげで捜す手間が省ける」

冷たく言い放ち、曉景はゆっくり馬から下りると、弓から槍に持ち替えた。鮮血を吸った穂先が、迷わず頼直に向けられる。

頼直はとっさに視線を彷徨わせたが、周囲に転がるのは骸ばかり。しかも曉景の背後からは、曉景に付き従ってきた精鋭たちが続々と集結している。最早どこにも逃げ場は無かった。

「あっ…兄上、…おゆるしを…」

「……」

「だ…、騙《だま》されていたのです。私は、あの狡賢《ずるがしこ》い桜見に…だから、だからっ」

黙って聞いている義兄が僅かに笑みを浮かべたので、頼直は一縷《いちる》の希望に縋り、ここぞとばかりに己の正当性を訴えようとする。

傷を庇《かば》いながらも必死に首を振る熊谷も、冷たい視線を送る暁景の家臣たちも、最早視界に入っていない。ただ暁景の慈悲に縋り、この場を逃げ出すことで頭はいっぱいだった。

必死に口を動かす頼直を、暁景は笑顔のまま槍で貫いた。


「鬼束頼直、討ち取ったり！」

暁景が馬上で高々と掲げた頼直の首級《しるし》は、驚愕の表情を浮かべている。

愚かにも、最期の最期まで許されるつもりでいたのだろう。頼直は今や辰見国を売った罪人だ。仮に暁景が許したところで、頼直の生きる場所はこの辰見国にはどこにも無いというのに。

首の無い骸を晒す頼直の傍らには、事切れた熊谷が倒れている。頼直が絶命した後、頼直様がこのようにお育ちになったのは我が責任と言い残して喉を突いたのだ。

大塚を始め、頼直に付いて出陣した辰見国の家臣は悉《ことごと》くが討死するか、戦況不利と見るや逃亡している。真に頼直の味方たりえたのは、この守り役の老武士だけだったのかもしれない。

「殿、やりましたな！」

「我が軍に目立った損害はありません！　信じられぬ…まさか、本当にこのような…」

共に戦場を駆け抜けてきた猛者たちが、歓喜に打ち震えながら暁景を囲む。

暁景の獅子奮迅《ししふんじん》の戦いぶりに鼓舞され、死線を潜り抜けた彼らの目には、暁景に対する純粋な憧憬《どうけい》と敬慕、そして強い忠誠が宿っていた。

敵の総大将を討ち取れば、戦は終わったも同然だ。頼直に付いた辰見国の兵たちは次々と投降を始め、桜見国の兵たちは逃亡しつつある。

悲観から一転、歓喜に沸く一同の中で、暁景は無言で空を見上げていた。待ち焦がれている声は、未だ暁景の耳には届かない。

「まだ…足りないのか…？」

戦場に群がる数多の敵兵は、贄にしか見えなかった。屠った贄の数は、百を過ぎた頃から数えるのを止《や》めている。

殺した殺した殺した。奪った奪った奪った。

けれど、まだ足りないのか。まだ清音は暁景の元に戻ってくれないのか。生まれ変わってはくれないのか。

鎧直垂に忍ばせた桜の小枝は、少しの水分も与えられていないのに瑞々しさを保っている。

まだ清音は完全に消えてはいないのだ。

ならばきっと、どこかから暁景を見ていよう。暁景が贄を捧げるたび、悲嘆に暮れて泣いていよう。その啜《すす》り泣きが聞こえてこないのは、ここが喧《かまびす》しい戦場だからに違いない。あの清げな声は、兵たちの怒号には掻《か》き消されてしまうのだ。

だったら皆、消してしまえばいい。敵も味方も野の獣も、動くもの全てを消し去り、草一本生えない荒野にすればいいのだ。

全部、全部全部ぜんぶ、綺麗《きれい》さっぱり消してしまおう。

血塗れの穂先が不気味に揺らめいた時、城の方角を注視していた家臣があっと声を上げた。

「殿、合図が上がりました。背面に迫りつつあった桜見軍が、撤退を始めたようです！」

「撤退…？」

「逃げ延びた桜見の兵が、頼直様討死の報をもたらしたものと思われます」

頼直を通じて辰見国を手に入れるはずが、失敗した挙句、数多の兵を失ってしまったのだ。大急ぎで戻り、この機に乗じて攻め入ってくるかもしれない春日部国に備えようというのだろう。勝利を収めたとはいえ、大軍と衝突したばかりの暁景には、追討するだけの余力は無いと思われているに違いない。

ここで義彰を逃せば、いずれまた何らかの形で暁景に、ひいては辰見国に害を為すだろう。先に手を出したのは義彰であり、義は暁景にある。翻弄《ほんろう》されるだけ翻弄されて、このままその元凶を逃してしまうのか。

悔しげに歯軋《はぎし》りをする家臣たちを尻目に、暁景は一人笑った。鬼気に当てられ、傍に居た家臣たちの馬が落ち着き無く前脚で空を掻き、不安そうに嘶《いなな》く。

せっかくの新しい贄を、みすみす逃がしてなどやるものか。

桜見軍を率いているのは暁景の実の叔父だ。義弟に続いて叔父まで屠れば、きっと清音は生まれ変わる。暁景の元に戻ってくれる。

それでもまだ足りないというのなら、清音が満足するまで殺し続けるだけだ。

「城に伝令を。これより桜見軍の追撃に入る！」

「おおおおおっ！」

「動ける者は付いて来い。憎き桜見の者どもを、一人も逃すまいぞ！」

馬首を巡らせた暁景を、血気盛んな精鋭たちが追いかける。

途中で遭遇した敵兵たちは一目散に退却したが、暁景は鮮やかな手綱捌《さば》きで追い付き、視界に映る敵全てを葬り去った。

それでもまだ足りない。清音が来ない。戻ってくれない！

また一人、新たなる生贄を捧げた鬼が、胴震いしながら新たなる戦場へ猛進する。

「うおおおおおおお！　清音…清音、清音ーっ！」

雷鳴の如く轟く咆哮は、敵兵から瞬く間に抵抗の意志を奪い去った。

『やめて下さい…暁景、お願いだから…！』

清音がどれほど呼びかけても、暁景にはまるで届かなかった。数多の敵兵を屠り、義弟の命を奪っただけでは飽き足りず、目を爛々《らんらん》と輝かせながら叔父の軍に迫っていく。

頼直の暴挙から、清音は人の姿を取れぬまま、ずっと切り倒された本体の元に呪縛されている。陽炎のように揺らめくのがやっとの状態では、鳥たちに頼んで探ってもらうことも出来ない。

けれど暁景の様子は、暁景が肌身離さず持っている小枝からしっかり清音に伝わってきていた。

ここに居ながら、清音はずっと見ていたのだ。暁景が血に塗れ、哄笑《こうしよう》しながら嬉々《きき》として命を奪う様を。感じていたのだ。戻って来い、俺のために生まれ変われと慟哭する暁景の心を。

精霊は天の理《ことわり》によって生きる存在だ。いくら人の命を奪い、捧げたところで何の意味もありはしない。暁景のしていることは全て無駄なのだ。ただ、清音の中にやるせなさが積もっていくだけ。

逃走する叔父の軍にとうとう追い付いた暁景が、再び殺戮《さつりく》を始める。

数では勝っているにもかかわらず、頼直軍に勝利した勢いそのままに突撃され、桜見軍はあっという間に戦列を崩した。

なんとか主君だけでも逃がそうと己を取り囲む兵たちを、暁景は次々と斬り捨てていく。

——まだ、まだなのか、清音。これでもまだ足りないのか。

『違う…違うんです、暁景、やめて下さい…』

——ならば、もっと奪う。もっと捧げる。

『やめて下さい！　そんなことをしても、私はもう戻れない…！』

暁景の心は痛いほど伝わってくるのに、清音の声だけが暁景には届かない。

暁景の手勢に城から駆け付けた援軍が加わり、戦いの規模がどんどん大きくなっていくのを、暁景は喜んでいる。これでもっと贄を屠れると猛り狂っている。

その先に待ち受けている奈落の底ですら、贄を堆《うずたか》く積み重ねて足場とし、踏み付けながら進むだろう。叶うものなら暁景の振るう刃に身を投げ出してでも止めたいが、清音にはもう投げ出すべき我が身すら残されていない。

猛烈な自己嫌悪と無力感に清音は襲われた。

切っ掛けこそ頼直が招いたが、今繰り広げられている惨劇は、全て清音のせいなのだ。

そもそも清音さえ存在していなければ、これほど沢山の命が失われることは無かったはずだ。

かつて高慧が清音の苗を植えたのは、人々の平和と安寧を祈ってのことだというのに。

暁景が殺《あや》めた人々は、清音が殺したも同然だ。人の愛情に育まれ、人を愛し、見守ってきたはずの清音が、なんという罪を犯してしまったのか。

早く、一刻も早く、この世から消滅しなければならない。母なる大地と一体となり、数多の命を奪った罪を償うのだ。

それこそが真理。精霊としてあるべき姿。疑問を差し挟む余地など無いはずなのに、けれど、ともう一人の己が呟くのだ。

…けれどそうなれば、今度こそ本当に曉景とは二度と逢《あ》えなくなる。あの力強い腕に、抱いてもらえなくなる。

曉景を仏に戻せるのが清音だけだとしたら、曉景は血に餓えた鬼となったまま、永劫《えいごう》に贄を求めてさすらうのだろうか。曉景の前から消え失せる刹那《せつな》に過《よ》ぎった不吉な予感そのままに。

『……え…？』

その瞬間、馴染《なじ》みつつある痛みが胸を刺し、清音は呆然とした。

痛み？　そんなもの、ただの霊気だけになった清音に生じるわけがない。

今まで夢中で気付かなかったが、切り倒されてからかなりの時間が経《た》つにもかかわらず、意識を保っていられるのはおかしい。本体がここまで損なわれれば、とうに大地に吸収されていなくてはならないのに。

これではまるで、大地が清音を拒んでいるかのようだ。

『まさか…』

清音は思い出した。暁景の前から消える瞬間、強い恐怖を感じたことを。この男を置いて行きたくないと願ったことを。

だがそれこそ、本来の清音ならありえない。

清音は精霊だ。万人を等しく愛する代わりに、誰にも執着しない存在なのだ。現に何十年も共に過ごした村人たちであっても、その死を悲しみこそすれ惜しみはしなかった。

『まさか、そんなことが…』

ようやく気付いた。ただ一人の男を惜しみ、別れることを恐れた瞬間、清音は無垢《むく》な精霊ではなくなってしまっていたのだろう。だからこそこうしてこんな不安定な姿のまま、どこにも行けずに漂っているのだ。

それでもまだ、清音の耳には暁景の声が届く。

──清音、清音、清音！

暁景は死に物狂いで逃げる義彰をついに追い詰めていた。辺りには桜見兵の骸が累々と横たわり、当主を守る者は一人として居ない。なりふり構わず跪き、命乞いをするのは暁景の実の叔父だが、太刀を振り下ろす動きに迷いは微塵《みじん》も無い。

──見ていろ、清音。今また贄を捧げてやる！

『暁景っ…！』

叫びも虚《むな》しく血飛沫《ちしぶき》が上がり、辰見兵たちが歓喜に沸き返る。

古い主従関係を盾に、長きに亘って辰見国を束縛してきた神門家の当主が、鬼束家の当主に討ち取られた。この瞬間、主従関係は完全に逆転したのだ。

これまでの鬼束家当主の誰一人として為し得なかった偉業を達成した暁景は、周囲が歓喜にどよめく中、まるで喜んではいなかった。義彰を屠る刹那、最大限に膨《ふく》らんだ希望はたちまちのうちに萎《しほ》み、失望と焦燥に取って代わっている。

——何故…何故生まれ変わらない。何故戻ってきてくれない。清音…、清音…！

暁景は泣いている。

戦場に渦巻く鬼哭《きこく》よりもなお強く激しく、清音を求めて叫んでいる。

『暁景…私は…、私も…』

その手を取りたい。出逢った時のように、抱き締めて温めてやりたい。

己の心を自覚したとたん、熱い思いが堰《せき》を切って溢れだす。

『戻りたい…貴方《あなた》の傍に居たい。消えたくなんか、ない…！』

母なる大地にすら拒まれた己がどれほど罪深いのか、嫌というほど自覚している。

本当は、このままずっとどこにも行けずに彷徨い続けることこそが、己に科せられた罰なのだろう。

でも駄目だ。暁景の元に戻りたい。

息も出来ないほどきつく抱き締められて、身の内にあの狂おしい激情を注がれたい。他の誰も見ないで、清音だけをあの黒い炎のような瞳に映していて欲しい。

やっとわかった。惚《ほ》れているとは、きっとこういう感情なのだ。暁景は清音を、こんなふうに思い、求めてくれているのだ。

暁景に応えたい。清音が居なければ鬼になるというのなら、ずっと傍に寄り添って、その猛々《たけだけ》しい心を鎮めてやりたい。

人々を等しく愛し見守る精霊ではなく、暁景と同じ血の通った人として共に行きたい。生きたい――！

……ドクン。

強く強く願った瞬間、小さな、だが力強い音が胸に生じた。

はっとして触れた掌に伝わってくるのは、暁景の胸に顔を埋めた時と同じ、心臓が脈打つ音だ。

『ああ……！』

ドクドクと鼓動が響く度に熱い血潮が行き渡り、全身が燃えるように熱くなる。ふわふわと頼りなかった陽炎のような身体が、切り倒された本体もろとも紅蓮《ぐれん》の炎に包まれる。

誰に教えられずともわかる。これは全てを焼き尽くす業火だ。今までの己が悉《ことごと》く消えていく。真っ白に染まり、何も考えられなくなる。

――暁景…！

最期の叫びすらも吸収し、炎はいっそう激しく燃え盛った。

何本もの桜が咲き誇る庭園に、暁景は佇んでいた。

その肩から胴服のように掛けられているのは、武士には似つかわしくない華やかな打掛だ。

清音が目の前で消え失せた時、纏っていたものだった。

「清音…」

見上げる桜はかつて暁景の母輝姫《てるひめ》が生まれた時、その誕生を祝って植えられたという桜だ。

そしてここは辰見国の竜岡城ではなく、桜見国の国主の居城、千里《せんり》城だった。

叔父義彰を討ち取ってから、暁景は一旦引き返し、軍を整えた。そして論功行賞を済ませ、辰見国が落ち着きを取り戻してすぐに桜見国に攻め込んだのだ。

義彰を失った神門家はまだ幼い嫡男が新たな当主に祭り上げられていた。家臣たちは幼い主君のため奮戦したが、暁景の勢いには抗《あらが》いきれず、ほどなくして降伏する。

その後、暁景は各地に散った旧臣の反乱を一年かけて悉く鎮め、桜見国を平定した。ここに暁景は辰見、桜見二国の主となったのだ。

頼直に付いた者、日和見《ひよりみ》を決め込んだ者たちは失脚し、暁景に味方した者は手柄に応じて所領や恩賞を与えられた。今や、暁景を鬼と蔑《さげす》む者は家中には存在しない。暁景は天が鬼束家に遣わした鬼神なのではないかと噂する者まで出る始末だ。

だが、己が家臣たちの畏怖と尊崇を集めるに足る器ではないことを、暁景はよく理解していた。

守るべき民や家臣など、頭の中には一切無かったのだ。殺戮を繰り返す間、ひたすらに念じていたのは清音のことだけだった。

この執着を見せ付け、思いの証として贄を捧げ、清音を生まれ変わらせる。ただそれだけのために太刀を振るった。数多の助命嘆願があったにもかかわらず、従兄弟《いとこ》に当たる幼い当主を許さなかったのも、より稚《いとけな》い贄の方が清音の心に響くと思ったからだ。

けれど、どれだけ贄を捧げても、清音は暁景の元に戻らない。応えてくれたことすら無かった。しかも、確かに鎧直垂の中に忍ばせていた清音の小枝が、戦を終えてみると煙のように消え失せている。

不安にかられた暁景は、桜見国を平定してすぐ平村に使者を送った。使者によれば、切り倒された清音の本体は、跡形も残さず消えていたという。無論、村人たちが何かしたわけではない。ある日突然、何の前触れも無く消え失せたのだ。

もしや、清音は本当に消滅してしまったのではないか。あれほど巨大な倒木が一夜にして消え失せたのは、その証拠なのではないか。

このところ頭から離れない不安を、暁景は必死に打ち消した。

いや違う。頼直の一味や、桜見一国程度ではまだ足りないだけだ。清音という無垢な存在を血に塗れさせ、暁景の元に引きずり堕《お》とすには、更なる贄が必要なのだ。

周辺諸国に放った乱波《らっぱ》によれば、西の斎賀国が不穏な動きを見せているらしい。先の戦では自領を桜見兵に通過させ、間接的にせよ頼直に与した国だ。神門家との親交も深く、暁景の台頭を面白く思っていないのは間違いない。

次なる贄は決まった。斎賀国は大きな港を持ち、海洋貿易で富む大国だ。さぞかし屠り甲斐《がい》があるだろう。

それでも駄目なら、清音が満足するまで戦を続けるだけだ。幕府が大名同士の小競り合いすら止められない今、この大和《やまと》に争乱の元はいくらでも転がっているのだから。

「清音…俺は間も無く、再び戦場に赴くぞ」

母のために植えられた桜は、大きさも花勢も清音には劣るものの、薄紅色の花びらは不思議と清音を思い起こさせる。暇が出来る度足が向くのはそのせいかもしれない。

「再び先陣切って敵を屠ろう。お前が泣いて止めるだろうことなら、幾らでもしてやる。本物の鬼に成り果ててもいい」

城で政務を執る間、清音が残した打掛を肌身離さずにいる暁景は、清音の亡霊に憑《つ》かれたのではないかと一部で囁かれていた。忽然と姿を消した清音は、悋気《りんき》を募らせた暁景に成敗されたのではと噂されているからだ。

唯一真実を知る佐伯とかやは痛ましげな顔をしつつも無言を貫き、騒ぎ立てるかと思われた鷺丸は予想に反して何も言わなかった。清音が消えた理由を、そして父が戦場に身を置き続ける理由を、幼くとも聡い息子は薄々察しているのかもしれない。

…俺に憑くほど清音が執着してくれているなら、そもそもこの手を血で汚すことなど無かった。清音と共に逝けるのなら、今や数多の敵兵たちが狙うこの首一つ、喜んで差し出してくれようものを。

暁景が赴く地獄に清音は居ない。ならば、この手に引きずり堕とすしかないのだ。たとえ大和の全てを敵に回すことになっても。

「だから、俺を止めに来い…でないと、俺は止まらない。お前が居なければ、俺は鬼のままだ。俺を止めてくれ…その声を聞かせて、その腕で抱いてくれ。清音…清音……！」

母の形見の桜に手を突いた時、ドクン、と樹木にはありえない生々しい音が聞こえた気がして、暁景は反射的に仰《の》け反った。

「なっ…？」

気のせいかと思ったが、そっと幹に触れてみれば、再びさっきの音が響く。ドクドクドクと、今度は何度も、力強く暁景の耳を打つ。

俄かに吹き付けた強い風が形見の桜をざわざわと揺らした。無数に宙を舞う薄紅色の花びらが暁景を包み、視界を奪う。

とっさに花びらを振り払おうとした手を、しっとりと温かなものが摑んだ。

「暁景…」

焦がれ続けた声が聞こえたとたん、無数の花びらは一瞬にして消え失せた。代わりにそこに立っているのは、鬼となってまで求め続けた愛しい存在だ。

「き、よね…？」

一糸纏わぬ裸身は、飽かずに愛撫していた時と変わらずほっそりと美しい。この世のものとは思えぬほどどろうたけた面もそのままだ。

けれど、暁景が愛してやまない優しい微笑を刻む男が誰なのか、暁景は束《つか》の間理解出来なかった。かつてその本性を表すかのような薄紅色だった髪が、暁景と同じ漆黒に変化していたから。

暁景の視線を辿り、清音は苦笑した。

「これは人になった証です」

「ひと、に…？」

あれほど欲した存在が目の前に居るというのに、話したいこと、聞きたいことがありすぎて上手《うま》く言葉にならない。ぱくぱくとみっともなく口を開閉させるだけの暁景を、清音は優しく見詰めている。

「本体が切り倒された時、貴方の傍を離れたくないと願ってしまった私は、精霊ではなくなっていたのです。不安定なまま彷徨いながら、ずっと貴方を見ていました。数多の人々を殺め、泣き続ける貴方の声を、ずっと聞いていていました」

「俺を…見ていた…」

「貴方にあのような真似《まね》をさせたのは私です。人を見守る存在たれと願われた私が、何と罪深いのかと思いました。大地にも還《かえ》れない以上、このまま彷徨い続け、いつか消えるのが唯一の贖罪《しょくざい》ではないのかと。でも…」

ぎゅっときつく瞑《つむ》られた清音の瞼《まぶた》から、一筋の涙が伝い落ちる。思わずその涙を受け止めようとして、暁景は硬直した。清音が暁景の手を取り、頰を擦《す》り寄せたからだ。こんな甘えるような仕草など、終《つい》ぞされたことが無い。

「私は消えたくなかった。貴方の傍に居たかった。貴方に…抱かれたかった…！」

「清音…」

「そう願った瞬間、私にはこの心臓が生まれました。そして私は変化していったのです。精霊ではない…貴方と同じ、人という存在に」

清音は暁景の手を己の左胸の上に導いた。人の姿を模していた精霊の頃は無かった鼓動が、今ははっきりと感じ取れる。触れた肌も、その滑らかさや肌理《きめ》の細かさは同じなのに不思議と生々しく温かかった。

本当に、人になったのか。…暁景のために、人になってくれたのか。

「暁景…やっとわかりました。私も、貴方に惚れています」

「……！」

「数多の人々を死なせた私が、罪深いにもほどがあるとわかっています。人として死んだ後は、地獄に堕ち、永劫に罪を償い続けましょう。だから今は…今だけは貴方の傍で、貴方と共に生きていきたい」

「清音っ……！」

こみ上げる歓喜と際限の無い愛しさに突き動かされ、暁景は縋り付くように清音を抱き締めた。細い項《うなじ》に埋めた己の顔が奇妙に揺れていると疑問に思って初めて、滂沱《ぼうだ》と涙を流しながらしゃくり上げていることに気付く。

「愛している…、愛している…！」

「ああ…暁景…」

「ずっと、お前が欲しかった。こうしてお前を抱きたかった。これは現《うつつ》なのだな…？　夢ではないのだな？」

もしもこれが夢だったら、目覚めた瞬間、暁景は絶望のあまり息絶えてしまうだろう。

泣きながら問う暁景の背に腕を回し、清音が耳元で囁いた。

「いくらでも確かめて下さい。今の私は、貴方のために生まれてきたのですから」

囁いたとたん、暁景の嗚咽《おえつ》はぴたりと治まり、漆黒の瞳に炎が宿った。初めて出逢った時と同じ、いや、それ以上に力強く情欲に濡《ぬ》れた眼差しが清音を貫く。

「ああ…、熱い…」

押し付けられた股間《こかん》は、まだ衣を乱してもいないのに硬く、燃えているかのように熱かった。清音を求めて雄々しく勃《た》ち上がっているだろうあの逞しい一物を想像するだけで腰が甘く疼《うず》く。

「お前が居ない間、誰ともまぐわわなかったからな…己でも慰めておらん。今までの分も合わせて、存分に贖ってもらうぞ」

「あっ…！」

暁景は清音の剥き出しの胸にしゃぶりつき、これから休み無く使われるのだと思い知らせるように尻を鷲摑《わしづか》みにして揉《も》みしだいた。

清音が精霊であった頃から、毎夜清音が泣いて許しを乞うまで責め立てた暁景だ。人となったばかりのこの身体は耐えられるのだろうかと危惧《きぐ》すると同時に、この男を存分に感じられるのだという歓びが溢《あふ》れる。

「あっあ、あ、ぁあ…っ」

「もっとだ、もっと鳴け…お前の声を、ずっと、ずっと聞きたかった…」

「いっや、は、ああああ…ん！」

清音は暁景に求められるまま、愛しい男の頭をぎゅっと抱き締め、あられもない声を上げた。甘い甘いとうわ言のように囁きながら暁景が胸に吸い付く度、痺《しび》れるほどの快感がもたらされ、清音はすぐにくたりとくずおれてしまう。

暁景は打掛を地面に放り、その上に清音を横たえた。

「暁景…」

ゆっくりと覆い被《かぶ》さってくる暁景を、清音は脚を開いて迎え入れた。

怪我《けが》や病とは無縁の精霊の時ですら、引き裂かれんばかりの激痛を味わったのだ。生身の身体では更なる痛みを伴うだろう。けれど、暁景と早く繋がりたいという渇望は恐怖よりも遥かに強い。

無言の願いをしかと聞き届けてくれた証に、重なった身体が更に熱くなる。

「これは…俺のものだな…?」

暁景は清音の脚の間に入り込み、昂った股間を押し付けながら再び胸をしゃぶる。清音は暁景の頭をぎゅっと抱き締めて上体を反らし、自ら胸を差し出した。暁景が求めるものなら、何でも差し出したい。

「はい…、暁景の、もの、です…ぁ、あぁ…、ああん…!」

暁景は清音の胸をじゅっじゅっと遠慮会釈も無く食い千切る勢いで吸い、食《は》みしゃぶった。清音が嬌声《きょうせい》を迸らせる度に暁景の一物はますます硬くなり、清音の性器も一緒に上り詰めていく。なんと、人の身体とは、これほど感じやすいものなのか。

「あ、ああん、あっ…暁景…」

「もっとだ…もっと俺を呼べ、清音」

「暁景…暁景、暁景…ああああああっ！」

餓えた獣のように強く噛《か》み付かれた瞬間、清音は悲鳴じみた嬌声と共に絶頂に達した。性器から噴き出した蜜が、暁景の直垂を濡らす。

暁景は指先で拭《ぬぐ》ったそれを蕾《つぼみ》に塗り込め、はあはあと荒い呼吸を繰り返しながら性急に胎内へと指を突き入れた。

「ん…あっ！」

思った通り、たった一本の指を受け入れただけでぴりりとした痛みが走る。だが、清音の苦痛に気付いているはずの暁景は構わずに指を増やし、性急に中を広げていく。

「あっ、あっ、あぁっ…暁景、暁景ぇっ…」

清音は逆らうどころか、更に大きく脚を開いて暁景の動きを助けた。

どれだけ痛くても構わない。だって、わかっているのだ。暁景が一刻も早く清音の中に入りたいあまり、逸《はや》っているということを。

「あん、あ、あぁん、あ、あー…！」

だが、胎内のふっくらと膨らんだ部分を刺激されたとたん痛みを吹き飛ばすほど強い快感が走り、四肢がびくびくと跳ねた。萎《な》えていた性器が、みるまに勢いを取り戻す。

「あ…ぁ？」

そこで突然指を抜かれてしまい、清音は涙に潤んだ目で暁景を見上げた。

暁景は何故かうっと唸り、苛立ちを滲ませて清音を睨み付ける。

「お前は、己がどれほど男を煽《あお》る存在であるのか、考えたことも無いのだろうな…」

「暁景…？」

「まあ、いい。俺がこれから、じっくりと教えてやろう。まずは身を以《もっ》て知るがいい…お前が股を開くだけで男という男はいきり立ち、一物をぶち込んでやりたくなる。特にこの暁景は、お前の腹が精と一物で膨れるまで許してやれなくなるのだとな」

暁景は膝立ちになって袴《はかま》を緩め、下帯をずらし、雄々しく勃ち上がった一物を取り出した。

誰ともまぐわらず、己で慰めもしなかったという一物は、目にしただけで恐れを抱くほどの偉容を誇っている。

だが暁景のために生まれ変わった清音が、愛しい男の分身を恐れるはずがなかった。開いた脚の狭間《はざま》に手を伸ばし、愛撫に綻んだ蕾を細い指で自ら広げてみせる。

「早く…、ください…」

――喰《く》われたい。

「ここに、暁景が欲しい…暁景の熱い精を、いっぱい注がれたいのです…」

──清音だけを求める愛しい獣に、骨の髄までしゃぶり尽くされてしまいたい。

そうすれば、この男を二度と一人で寂しくさすらわせずに済む。どこまでも一緒に行ける。

「お…おおおおお、清音…ぇっ！」

暁景は雄叫《おたけ》びを上げ、清音の脚を乱暴に担ぎ上げて熱い胎内に押し入った。本能のままに進む凶器はきつい抵抗を力ずくで捩《ね》じ伏せ、柔な胎内にその形を覚え込ませながら一気に奥まで到達する。

「あぁーっ…ひっ、あ、あぁっ…」

清音の眦《まなじり》から、とめどなく涙が零れていった。予想を遥かに上回る質量を受け容れた激痛による涙ではなく、歓びの涙だった。

どれだけ叫んでも願っても声すら届かなかったあの時から、やっとここまで辿り着いたのだ。暁景が居る。清音の中で熱く激しく猛り狂っていく。生まれたばかりの胎内を押し広げられるのは、なんて幸せな痛みなのだろう。

「あ…ぁ、は、はぁ、とし、かげ…」

苦痛に喘《あえ》ぎながら、清音は暁景の収まった腹に両手で触れ、内側で荒れ狂う一物を優しく撫でた。

「うれ、しい…貴方が、ここにいる…」

一筋の涙が零れ落ちた。

「ああ…そうだ。俺はここに居る。ここに居るぞ、清音」

歓喜の涙が滲む眦にそっと口付け、暁景は小刻みに腰を揺らした。狭い胎内は少しずつ暁景の大きさに馴染み、一物が滑らかに動き回れるようになっていく。

清音の腰が浮き上がるほど高く脚を抱え上げ、突き上げを始めようとした暁景を、清音はそっと押し止めた。

「お願い…です…私を、抱き締めて…」

目を瞠《みは》る暁景が、みるみる間に人から獣に変化していく。

「このままでは、嫌です…抱いて…息も出来ないくらいに……っあぁぁ！」

悲鳴と紙一重の嬌声が響き渡った。

いきなり奥の更に奥まで大きすぎる一物に占領されては、苦痛の方が勝る。だが、胡坐《あぐら》をかいた暁景の上に乗せられ、望み通りきつく抱き締められて、清音は幸福の涙を流していた。

「暁景…、ああ…、貴方が愛しい…」

ぴたりと合わされた二つの身体に隙間など無いのに、もっと深く溶け合いたくて、逞しい背中に腕を絡める。

力強い律動を刻み始める暁景の眦から、一筋の涙が零れ落ちた。

「清音、俺は…、生まれてきて良かった…」

「は…っぁ、あ、暁景、ああ…っ」

「…お前が地獄に堕ちるというなら、俺も共に堕ちよう。たとえ輪廻《りんね》の輪から外れ、未来永劫業火に焼かれることになろうと、お前と一緒なら構わない」

「はぁっ、は、はあ、暁景、駄目…堕ちるのは、私だけで、充分…ひぁっ！」

「お前が拒もうと付いて逝く。俺の居場所は、お前の傍以外にありえない。…それともお前は、また俺を一人にするつもりか？」

敏感な部分を抉《えぐ》られながら問われ、清音は律動に合わせて揺れていた脚を暁景の逞しい腰に絡める。

暁景はずるい。清音が暁景を一人になど出来るはずがないのに。

「…ずっと、共に…」

囁いた瞬間、胎内の暁景が更に漲り、腹を突き破らんばかりに暴れ始める。

清音は愛しい男とぴったり重なったまま、いつまでも甘い声を上げ続けた。


ふっと目覚めると、辺りは闇に包まれていた。いくら目を凝らしても何も見えず、密かに慌てていると、近くにぼんやりとした灯《あか》りが灯る。

「起きたのか、清音。…どうした？」

燈台《とうだい》の小さな炎が、単衣《ひとえ》姿の暁景を照らし出していた。不審そうに顔を覗き込まれ、清音は

やっと思い出す。

この男と共に生きるため、清音は人になったのだ。人であれば、闇の中で視界が利かないのは当然である。

「戻ったばかりだというのに、無理をさせたな。身体は辛くないか？」

「いえ…大丈夫です。この通り…え？」

布団から起き上がろうとしても、身体が鉛のように重くて言うことを聞いてくれない。腰から下は特に酷く、動かそうとするだけでぎしぎしと節々が軋む。以前はどれほど激しく抱かれようと、こんなことは無かったのに。

「そ、そんな、どうして？」

狼狽《ろうばい》する清音を尻目に、暁景は面白そうに笑う。

「人は精霊と違い、身体を酷使すれば疲れるのだ。あれほどまぐわったからには、人ならば当たり前の反応だ」

「人…」

じわりと喜びがこみ上げ、自然に笑みが浮かぶ。

「おかしな奴《やつ》だな。辛いだろうに、何が嬉しいのだ？」

「だって、本当に貴方と同じ存在になれたのだと思えますから」

素直に答えると、暁景は素早く布団に乗り上げ、清音を抱き起こした。背中が撓《しな》るほどきつく抱き締められる。

「…あまり、ぽんぽんと可愛いことを言うな。我慢しきれなくなる」

腹の辺りに押し付けられた曉景のそこは布越しにも熱く、つい先ほどまでの交わりを思い出させる。

桜の庭園でさんざんまぐわってから、曉景は清音を打掛で包み、驚愕する家臣たちに目もくれずに城内へ連れ込んだ。

どこか華やかな城内を見て初めてここが馴染んだ竜岡城ではないと気付いたのだが、どこなのか問う暇すら与えられず、この部屋でまた熱を注がれ続けていたのだ。

曉景とまぐわうのは嬉しいが、初めての疲労を覚えた身体にこれ以上はきつい。曉景も流石《さすが》にそれは承知しているようで、背中をなぞる手にいやらしさは無かった。

やはりこの男の腕の中は、どこよりも居心地が良い。うっとりと身を任せ、清音は問い掛ける。

「ここは、どこなのですか？　竜岡城ではないようですが…」

「ああ…ここは桜見国の千里城だ」

それから曉景はこれまでの出来事を説明してくれた。己が消えてから実に一年もの時が経過していたと知り、清音は驚く。人に変化し、曉景の前に現れるまで、清音にはほんの一刻ほどの出来事でしかなかったのだ。

「まさか、そんなに経っていたなんて…」

「お前が居ない間は、生きた心地がしなかったぞ。平村からも姿を消して、一年間何をしていたのだ?」

「…そうですね…色々なものを見ていたような気がします」

それは、精霊としての最後の力の欠片《かけら》が見せた夢だったのかもしれない。

夢の中で、若く美しい姫が咲き誇る桜の木にそっと寄り添っていた。

小さな白い手から、姫の心が痛いほどに伝わってくる。姫は実の兄と恋に落ち、子まで授かった。けれど喜んだのは兄と姫だけで、家中の者は皆二人を責めた。特に弟には畜生にも劣ると激しく罵倒された。

身の危険すら感じていたところに、兄が突然の死を遂げた。弟が殺したのだと姫は直感し、皆に訴えたが、誰も取り合わなかった。それどころか、身籠った姫を隣国の鬼束家に嫁がせるという。

あからさまな厄介払いを、姫は拒まなかった。婚家では針の筵《むしろ》となろうが、主筋の姫を殺せはしないから、腹の子を無事に産んでやれる。今となってはこの子だけが愛しい兄の形見だ。たとえこの身を犠牲にしてでも守ってみせる。傷心の姫を支えているのは、まだ見ぬ我が子への愛情だけだった。

「まさか…その姫は…」

僅かに強張った暁景の胸に、清音は頬を擦り寄せた。

「ええ…貴方の母、輝姫だったのだと思います」

きっと夢の中の桜は、暁景の母の誕生を祝って植えられたという桜だったのだろう。望まぬ相手に嫁ぐ前に、輝姫は己の分身にも等しい桜の木だけに本心を吐露していったのだ。

「もしかしたら、私が迷わず貴方の元に辿り着くことが出来たのは、輝姫のおかげだったのかもしれません。姫の想《おも》いが籠もった桜が、私を貴方の元に導いてくれたのかも…」

「…母上が…」

俄かに暁景が身体の力を抜き、その重みが一気に圧《の》し掛かった。非力な清音では逞しい男の体重を支えきれず、清音は暁景ごと背中から布団に倒れ込んでしまう。

交わりを予想させる体勢に反して、淫らな空気はまるで無い。まだふっくらと膨らんだままの胸に吸い付いてくる暁景が生まれたばかりの赤子のように思えて、清音は乱れた黒髪を優しく梳いてやる。

「お前は本当に…俺をどこまで惚れさせれば気が済むのだ。今でさえ、お前が居なければ狂った鬼に成り果てるというのに、このままでは、お前無しでは呼吸すらままならなくなってしまう。生きていけなくなる…」

「…それは私も同じです。貴方が居なければ、私はあのまま消えていた。私もまた、貴方に生かされているのです」

清音は胸に吸い付いている男の頭を動かし、心臓の上に耳を当てさせた。不安と焦燥に歪《ゆが》んでいた顔が、だんだん柔らかく解けていく。

「この音が止まるまで、共に生きていきましょう。そしてその後は…共に、地獄に堕ちましょう」

かつては人を見守る精霊であった己が、微笑《ほほえ》みながら人を地獄に誘う。もしかしたら、清音もまた狂った鬼なのかもしれない。

でも、構わない。愛しい男と同じ存在になって生きていくことこそが、清音の一番の願いなのだから。

「ああ…勿論《もちろん》だ、清音。どこまでも、お前と共に行こう」

「あっ…暁景…」

「…もう一度、いいか?」

初めての疲労に身体は悲鳴を上げていても、心は裏腹に暁景の熱情を求めている。高まる欲望のまま頷こうとした時、襖越しに騒々しい足音が響いた。

「…鷺丸様!　まだそちらに行かれてはなりません!」

「いつまで待てばいいんだ!　もう待ちくたびれた!」

「いけません、さあ、こちらにお戻りを!」

「は、放せええ!」

近付いたかと思えば遠ざかる幼い声には覚えがある。高まっていた欲望は潮が引くように治まり、清音はぱっと襖の方を向いた。

「あれは…鷺丸？　こちらに来ていたのですか？」

「…あんなもの、構わなくていい」

とたんに不機嫌になり、強引に愛撫を始めようとする暁景から、清音はごろりと転がって逃れた。

あんなものだなんて酷い言い草だ。鷺丸には随分と心配をかけてしまっただろうし、一年も経ったならさぞ大きくなっただろう。

この目で成長を確かめ、心配させてしまったことを詫《わ》びたいのに、暁景は這《は》って襖を開けようとした清音の足首を掴む。

「待て…お前、その格好で鷺丸に会うつもりか？」

胡乱《うろん》な目で問われ、清音は己を見下ろした。暁景が着せてくれたらしい単衣は少し着崩れ、胸元がやや開いているが、清音は女子ではないのだから問題は無いはずだ。

どこがいけないのだろうと燈台の傍に移動して初めて、清音は己の異変に気付いた。白い肌のあちこちに紅い花びらのような痕が散っている。特に胸元は酷く、白い部分の方が少ない有様だ。

「あっ…もしかして」

「やっとわかったか」

「もしかしてこれは…何かの病…？」

うんうんと頷いていた曉景が、がっくりと項垂れる。

「どうしてそうなるのだ！」

「え…だって、人はこのような病に罹《かか》るでしょう？」

かつて、村でも何度か見たことがある。赤い発疹《ほっしん》が出来て、高熱を出して寝込んでしまうのだ。ただし発疹の形状は清音のものとはかなり違う上、罹っていたのは大半が幼子だったが。

「…本気で言っているのか…？」

本気も何も、これが病でなければ何だというのか。まだ熱も寒気も無いようだけれど、もしかしたらこれから症状が悪化するのかもしれない。だったら、曉景が止めるのも納得だ。幼い鷺丸に病を移したら大変なことになってしまう。

自己完結する清音を信じられないとばかりにまじまじと見詰め、曉景は深い溜息をついた。

「情痕と病の区別もつかないとは…」

前途多難すぎる、と零す曉景は何だかとても疲れているようだ。寄り添って慰めようとして、清音はさっと身を逸《そ》らした。

「清音？」

「ごめんなさい…病なら、曉景にも移ってしまうかもしれませんよね？」

「そのようなこと、あるはずが…」

ない、と言いかけて、暁景はにやりと笑った。

「…そうだな、清音、それは病だ。だが俺に関しては心配せずとも良い。何故ならその病は、俺には既に移っているからだ」

「ええっ⁉」

「ほら、俺にも同じ痕があるだろう？」

確かに、清音よりも数はずっと少ないが、暁景の項や肩の辺りに同じ花びらのような痕がある。

交わりがあまりに激しすぎ、途中で度々意識を飛ばしていた清音は、それが暁景に命じられるまま己が嚙み付いて出来たものだという記憶は勿論無い。

当然、己の身体に刻まれた痕が、暁景の情熱的な愛撫によるものだということも覚えてはいなかった。精霊だった時は間を置かず治癒《ちゆ》していたので、愛撫の痕跡がこうして残るのは初めての経験なのだ。

「ど、どうしましょう…」

精霊でなくなった清音には、最早何の力も無い。

人の薬師で治せる病なのだろうか。清音のせいで暁景まで命を落とすことになってしまっては、地獄に堕ちても贖いきれない。

「大丈夫だ、清音。この病で命を落とすことは無い。大人にしか罹《かか》らないし、薬師に頼らずとも放っておけば自然に治る」

「ほ…本当ですか?」

「勿論だとも。…ただし念のため、完全に治るまで鷺丸に会うのは禁止だ」

「はい…仕方ありません」

素直に頷く清音を、暁景は嬉しいような困ったような複雑そうな表情で見下ろし、なにやらぶつぶつと呟いている。

「うまく扱えば便利だが、一歩間違えばとんでもないことになりそうだな…」

「暁景?」

「ああ…いや、なんでもない」

暁景は首を振り、清音を抱いて布団に入った。

燈台の仄《ほの》かな灯りが、暁景の項に刻まれた痕を照らし出す。

さっきは随分焦ってしまったけれど、同じ時に同じ病に罹るのは、死ぬ時は一緒だという証なのかもしれない。そう思えば、恐ろしい病の痕も不思議と愛おしい。

清音と暁景は、死ぬまで…いや、地獄に堕ちてもなお、共に居られるのだ。

清音は心からの笑みを浮かべ、愛しい唯一の男にしがみついた。

あとがき

こんにちは、宮緒葵《みやおあおい》です。『鬼哭繚乱』お読み下さりありがとうございました。このお話はちょうど十年前、前レーベルさんより発行されましたが、このたび縁あってキャラ文庫さんから出し直して頂けました。

出し直しに当たり、久しぶりに原稿を読み返しました。デビューから四作目だけあって勢いで突っ走っているところもあったり、この時からこの手のネタが好きだったんだな…と己の性癖を噛み締めたりと、十年前の自分と向き合うのは楽しいような面映《おもは》ゆいような、複雑な気分でした。私はあまり子どもが登場するお話は書かないのですが、このお話ではしっかり登場していましたね。鷺丸、なかなかいい性格の子です。美しい義母上に育てられ、将来は暁景譲りの整った顔と清音譲りの聡明さを併せ持つ優秀な戦国大名に成長するでしょう。その前に暁景が天下を獲ってしまいそうな勢いですが。

十年前は『暁景ひどい…』と思いながら書いていた記憶がありますが、改めて読み返してみると『清音もけっこうひどい…』と思ってしまいました。もうちょっと暁景のことをしっかり考えてあげてよ！　と…。

でも清音がこういう人（精霊）でなければ、お話は成り立たないんですけどね。人間になっても清音は清音なので、暁景を振り回しながら逞《たくま》しく生きていくことでしょう。美しい奥方に振り回される姿を見て、殿に心を開く家臣も多いかと。暁景は家督を早々に譲り、清音と二人きりの暮らしを夢見ながら頑張るものの、成長した鷺丸に『もうちょっと頑張って下さい』と働かされそうです。戦国大名に定年は無し…。でも頑張れば清音に優しくねぎらってもらえるので、何だかんだで幸せなのではないでしょうか。

久しぶりに読み返して印象の変わった人といえば、侍女のかやもそうでした。かやは戦国時代の女性としては、かなり異色の生き方をしています。彼女がその後どう生きたのか、十年後の私が考えた結末を書店さんの特典SSで書いてみましたので、手に入れられた方はぜひ見届けて頂きたいです。

今回のイラストはCiel先生に描いて頂けました。Ciel先生、お忙しいところお引き受け下さりありがとうございました！　猛々《たけだけ》しくも格好いい暁景と、たおやかで美しい清音にうっとりしております。

担当のY様、今回も本当にありがとうございました。Y様のおかげでこのお話を再び読者さんに届けることが出来ました。

お読み下さった皆様、いつも応援ありがとうございます。最近の私とは少し違う傾向のお話ですが、楽しんで頂けたら嬉しいです。よろしければご感想を聞かせて下さいね。

それではまた、どこかでお会い出来ますように。

この本を読んでのご意見、ご感想を編集部までお寄せください。

《あて先》〒141-8202 東京都品川区上大崎3-1-1 徳間書店 キャラ編集部気付
「鬼哭繚乱」係

【読者アンケートフォーム】
QRコードより作品の感想・アンケートをお送り頂けます。
Chara公式サイト http://www.chara-info.net/

■初出一覧
鬼哭繚乱……フランス書院刊（2012年）
※本書はフランス書院刊行プラチナ文庫を底本としました。

鬼哭繚乱

……………………【キャラ文庫】

2023年8月31日 初刷

著者 宮緒 葵
発行者 松下俊也
発行所 株式会社徳間書店
〒141-8202 東京都品川区上大崎3-1-1
電話 049-293-5521（販売部）
03-5403-4348（編集部）
振替 00140-0-44392

印刷・製本
カバー・口絵 株式会社広済堂ネクスト
デザイン カナイデザイン室

ISBN978-4-19-901110-8

宮緒 葵の本

好評発売中

「騎士と聖者の邪恋」

イラスト◆yoco

王都で音信不通になった幼なじみを探したい――。固い決意を胸に秘め、田舎から旅に出た青年ニカ。着いた早々出会ったのは、高い魔力と美貌を誇る司教のシルヴェストと、獣も一撃で倒せる騎士団長ザカリアスだ。地位も名誉も併せ持つ二人に、ニカは少しも興味を示さない。魔力すら無意識に排除する彼は、一体何者なのか…？犬猿の仲の二人は、競って関心を惹こうと邸での滞在を提案して⁉

宮緒 葵の本

好評発売中

[悪食]

シリーズ1～3巻

イラスト✦みずかねりょう

田舎の小さな村のあちこちに、静かに佇む死者の姿――。学校にも通わず彼らを熱心にスケッチするのは、母に疎まれ祖父の元に身を寄せた18歳の水琴《みこと》。風景は描けるのに、なぜ僕は生きた人間が描けないんだろう…。そんな秘密を抱える水琴の才能に目を留めたのは、銀座の画商・奥槻泉里《おくつきせんり》。鋭利な双眸に情熱を湛え、「君の才能は本物だ。私にそれを磨かせてほしい」と足繁く通い、口説き始めて!?

宮緒 葵の本

好評発売中

【百年待てたら結婚します】

イラスト✦サマミヤアカザ

百年待てたら結婚します
宮緒葵
イラスト サマミヤアカザ
あなたが僕のものになるまで待ちます。
五年や十年、たとえ百年かかっても――。
キャラ文庫

結婚式当日、突然現れた美少年に無理やり抱かれてしまった!! それ以来、妻を抱けず不能になった紀斗《のりと》。妖鬼を退治する一族に生まれながら、役立たずと蔑まれて育ち、男の矜持すら失って三年――。出勤途中、妖鬼の大群に襲われた紀斗を救ったのは、成長した美青年――当主の座を簒奪し、絶大な権力を掌握した榊《さかき》だった!! 紀斗になぜか執着する榊は、「僕だけのものになって下さい」と懇願して!?

宮緒 葵の本

祝福された吸血鬼
Aoi Miyao presents Syukufuku sareta kyuketsuki
宮緒 葵
イラスト◆Ciel
怠惰な吸血鬼に生活指導をするのは、
凛々しく成長した養い子!?
キャラ文庫

好評発売中

[祝福された吸血鬼]

イラスト◆Ciel

不老の肉体と高い魔力を持つ、死と闇の眷属・吸血鬼《ナハツエール》──。元は小国の王子だったアウロラは、外見は弱冠 17 歳の美少年。生きることに飽いていたある日、魔の森で、少女と見紛う少年を拾う。傷つき疲弊した彼は、実は王位継承争いで国を追われた王子だった!! アウロラの正体を知っても恩義を感じ、忠誠を誓うこと五年──。華奢で愛らしかった養い子は、若き獅子のような青年へと成長して!?

キャラ文庫最新刊

彼岸花は僕だけにささやく
久我有加
イラスト✦m《む》:m《む》

事故に遭って以来、昼夜不気味な声が聞こえる大学生の歩《あゆむ》。そんな彼に声をかけてきたのは、霊視能力があるという同級生の新川《しんかわ》で!?

呪いと契約した君へ
栗城 偲
イラスト✦松基 羊

人に憑いた「呪い」を肩代わりして浄化する、神職見習いの愁《しゅう》。呪いの研究をしているという男・乾《いぬい》が取材に訪れ、親しくなるけれど!?

鬼哭繚乱
宮緒 葵
イラスト✦Ciel

村の守り神として崇められる桜の精霊・清音《きよね》。ある日、負傷した青年を助けると、なんと国主の武将・鬼束暁景《おにづかとしかげ》だったことが判明して!?

9月新刊のお知らせ

犬飼のの イラスト✦笠井あゆみ ［氷竜王と炎の退魔師(仮)］
中原一也 イラスト✦石田惠美 ［王子と針子(仮)］

9/27(水)発売予定